Peter Handke

Die Tage gingen wirklich ins Land

Peter Handke

Die Tage gingen wirklich ins Land

Ein Lesebuch

Herausgegeben von
Heinz Schafroth

Philipp Reclam jun. Stuttgart

Umschlagabbildung:
Peter Handke. Foto von Isolde Ohlbaum, München

Universal-Bibliothek Nr. 9354

Satz: Lihs, Ludwigsburg.
Druck und Bindung: Reclam, Ditzingen.
Printed in Germany 1995

ISBN 3-15-009354-6

Inhalt

Vorwort
Von einem, der auszog, nie anzukommen

> Die Poesie, von der Zeit den Dingen verliehen,
> mit denen man gelebt hat [...]
>
> *Emmanuel Bove, Bécon-les-Bruyères*

Am 11. März 1976, im »Journal« *Das Gewicht der Welt,* eine vereinzelte Notiz: »Einen geglückten Tag beschreiben.« Drei Jahre später, auf einer der letzten Seiten von *Langsame Heimkehr,* »hatte Sorger die Idee von einem geglückten Tag gehabt.« Im Tagebuch *Die Geschichte des Bleistifts* (1982) wäre »der ›geglückte Tag‹ ein Tag ohne Bedürfnis nach dem eigenen Spiegelbild, ein Tag ohne mein Dazutun«.
1991 dann, als letzter der Versuche, der »Wintertagtraum« *Versuch über den geglückten Tag.*
Eröffnet wurde die Trias der Versuche mit dem *Versuch über die Müdigkeit* (1989). Aber es gibt einen Kleinstversuch über die Müdigkeit ebenfalls bereits im *Gewicht der Welt;* dreizehn Jahre hat die Erinnerung an den Schmerz, der die Müdigkeit damals war, sich gehalten. Der *Versuch über die Müdigkeit* leitet in den Schlußzeilen über in die »Erzählung« *Versuch über die Jukebox.* Aber schon vier Jahre früher gehörte es zum *Nachmittag eines Schriftstellers,* »die Tasten der Jukebox drückend« sich die Zeit zu vertreiben.

Das sind Zusammenhänge, besser: Zu- oder Zusammengehörigkeiten, bloße Berührungen auch, in denen Handkes Werk seine stille, unbeschwerte Kontinuität, seine »Dauer« gewinnt. Die Textauswahl für dieses Lesebuch möchte diese Dauer etwas beleuchten, *ans Licht bringen.* Nicht ausgesprochen, aber unausge-

sprochen didaktisch möchte sie es; und auf diese Weise die in *Langsame Heimkehr* beschriebene Erfahrung der »ständigen Gegenwart« neben »so ein Gefühl ständiger Gegenwart« im *Versuch über die Jukebox* treten lassen. Ebenso soll der anonyme »Brückensteher, alias ›der Wachhabende‹, oder ›der Volkszähler‹« an der kleinen Brücke über einen unscheinbaren Salzburger Kanal (*Der Chinese des Schmerzes*) Filip Kobal gleichen, der (in *Die Wiederholung*) auf der Suche nach seinem verschollenen Bruder in Maribor »auf der großen Brücke über die Drau«, »die weithin sichtbare, glänzende Ader der Ebene«, steht. Es müßte, für Augenblicke, der Eindruck aufkommen, die Brücke sei der einzig mögliche Standort der Erzählung und der Betrachtung.
Den Auszügen aus Handkes großen Prosa-Arbeiten sind zudem im zweiten Teil jedes Kapitels Notizen, Assoziationen, Gesprächsausschnitte und Aufsätze beigegeben, die mit den Texten korrespondieren, sie vielleicht auch kommentieren, ein anderes Licht auf sie werfen. An die *Bemerkungen zu Stifter* z. B. knüpft nicht nur Handkes Gespräch mit Herbert Gamper an, in dem überraschende Verwandtschaften der beiden Autoren aufgedeckt sind, sondern auch (in dem autobiographischen Bericht über den Zusammenstoß mit der Salzburger Polizei) der kurz aufblitzende Wunsch, sich »einmal« einen Stifter lesenden jungen Polizisten vorstellen zu können.

Lesebücher sind immer problematisch: weil Lesebuchtexte in der Regel nicht für Lesebücher geschrieben worden sind. Daß in dem hier vorgeschlagenen die Problematik kulminiert, ist nicht zu leugnen. Die ausgewählten Texte sind, mit wenigen Ausnahmen, aus einem Zusammenhang gelöste Auszüge. In sich abgeschlossene Textpassagen wären in Handkes Tage- und

Notizbüchern aufzufinden gewesen. Aber so wichtig für Handke das Schreiben von Tage- und Notizbüchern auch ist: daß sie das Werk dieses Autors ausschließlich zu repräsentieren hätten, ist undenkbar. Darum also die Lösung, Handkes große Prosawerke der letzten Jahre in Auszügen vorzustellen, die jeweils für sich selbst sprechen sollen. Daß dabei auf die Theaterstücke ganz verzichtet werden muß, ist auch deshalb bedauerlich, weil einige von ihnen aufschlußreich mit den Prosawerken kommunizieren: *Über die Dörfer* mit *Langsame Heimkehr; Die Lehre der Sainte-Victoire* mit *Kindergeschichte; Das Spiel vom Fragen* mit *Die Abwesenheit.*

Der Eröffnungstext des »Lesebuchs«, das 1972 entstandene Gedicht *Leben ohne Poesie*, ist ein Brückenschlag zwischen dem früheren und dem späteren Werk Handkes. Daß letzteres (von einigen Tagebuchstellen abgesehen) erst von *Langsame Heimkehr* an berücksichtigt wird, ist vertretbar. Die Erzählung weist nach vorn, als erster Teil einer Tetralogie, deren vierter das »dramatische Gedicht« *Über die Dörfer* ist. Und zugleich ist sie Abschluß von Handkes vorangehendem Werk, »der letzte Fischzug in Goethes Gewässern«, wie der Autor selber feststellt und, in Klammern!, die Frage anschließt, ob »(Valentin Sorger« – dies der Name des Protagonisten der Erzählung – »der letzte umfassend schöne Blick auf die Erde gelungen)« sei. Handke hat sich auch später immer wieder mit *Langsame Heimkehr* beschäftigt. In dem vortrefflichen Gespräch mit Herbert Gamper z. B. (*Aber ich lebe nur von den Zwischenräumen*) erinnert er sich, wie er in seiner Erzählung »auf dieses so ungeheure Gesetz« aus gewesen sei. Erst später, und vor allem in *Der Chinese des Schmerzes*, habe er begonnen, »die Umwege«, »diese Ablenkungen«, »Ausatmenstellen« zu schätzen: »diese Bedeutungslosigkeit«, die »natürlich keinen Raum einnehmen« dürfe, »nur irgend einen Platz, eine Nische, einen Winkel«. Von »diesem so ungeheuren Gesetz« zu den beiläufigen Atem- und Winkelzügen gegen »das Kernhafte, Ausrufhafte, ganz Mächtige«: da mag durchaus eine Entwicklung des Autors sich abzeichnen. Dabei scheint *Die Wiederholung* am ehesten nochmals die Gesetzmäßigkeit von Welt und Zeit abzubilden, während die drei *Versuche*, jeder auf seine eigene Weise, souverän mit den Möglichkeiten des gelegentlichen Ausscherens ins Bedeutungslose spielen. Dazu paßt, daß für Handke, in einem Interview von 1994 (*Le Monde*, 21. Mai), die Prosa des von ihm hochverehrten Westschweizer Autors Philippe Jacottet zeitweise etwas »zu essentiell« ist (»trop essentiel«); er vermißt als Leser die gelegentlichen Abweichungen und Umleitungen (»la déviation«, »que ça dévie un peu par moments«).

Handke äußert sich in der Öffentlichkeit unverstellt, wie nur wenige andere es können. Das berechtigt dazu, ihn auch in Gelegenheitsäußerungen beim Wort zu nehmen. Das Wort ist bei ihm bloß nie das letzte, das zu einer Sache gesprochen ist. Nicht daß seinen poetologischen Erkenntnissen, würden sie nebeneinander gestellt, gravierende Widersprüche nachzuweisen wären. Aber sie dürfen sich nicht, auch die in die Erzählung ein*gebürgerten* nicht, zu einer definitiven Literaturtheorie verfestigen. Sie müssen ein durchlässiges Gewebe darstellen, lebendig und verwandlungsfähig bleiben – wie die Poesie selber es ist.

Von den nie gewaltsam herbeigeführten, nicht einmal jähen Verwandlungen des Autors Handke und seiner (Ansätze zu) poetologischen Konzeptionen will dieses Lesebuch erzählen.

Vielleicht aber auch nur von den wechselnden Lichtverhältnissen in seiner Sprachkunst. Davon, wie bei diesem Autor Sprache dem Erzählgegenstand ebenso mit mystischer Ehrfurcht wie mit einer menschenfreundlichen Zutraulichkeit begegnen kann, mit dem magischen Wort gleicherweise wie mit dem trivialen. Wobei, wer im Zusammenhang mit Handkes Sprache den Ausdruck »trivial« verwendet, es nicht tun wird ohne die Erinnerung daran, daß in der Antike der Dreiweg, Scheideweg (»trivium«) den Göttinnen der Unterwelt und der Magie heilig war. Die Erzählsprachen der *Versuche* sind in besonderer Weise exemplarisch (und *fortschrittlich*) im Nebeneinander von Überhöhung und Trivialisierung und im Umschlagen des einen in das andere.

Ein übriges (alles übrige) sollen die *Einzeltexte* dieses Lesebuchs tun. Keiner enthält den ganzen Handke. Aber in jedem ist er ganz. Jeder auf seine und eine andere Weise sollen sie Auskunft geben über den Autor Peter Handke und die Komplexität und Intensität seines poetischen Umgangs mit der Welt, »der Natur der Dinge« (Lukrez).
Auskunft geben also über die Inständigkeit und Leichtigkeit, womit er auf den poetischen Gegenstand zugeht. Über die Nähe, die dabei zustande kommen kann, die Zuneigung, die sich offenbaren darf; aber auch: wie eine Scheu, wenn nicht sogar Schüchternheit mit am Werk ist. »Ich mag die Menschen nicht anfassen beim Schreiben«, hat Handke einmal gesagt (im Jahrbuch 1992 von *Theater heute*). Und daran muß es liegen, daß die Handke-Menschen nicht *faßlich*, sondern *anschaulich* werden.
Daß sie, wie die Tages- und Jahreszeiten und Landschaften, sich zu *Bildern* wandeln (»Inbildern«, »Innen-

Bildern«, in Handkes Ausdrucksweise), die aus der Tiefe und dem Dunkel der Räume, aus »dem Kreisen der Räume« ans Licht der Erzählung geholt werden.

Es ist oftmals ein verklärendes Licht. Aber auch dann nicht ein beschönigendes, verharmlosendes. Auch die noch so vollkommene Schönheit eines Bildes (in der *Kindergeschichte*: »Die Uferbüsche unten wehten in einer wunderbaren Übereinstimmung mit dem Kinderhaar im Vordergrund«, über die »der Augenzeuge einen Segen [...] herabfleht«) läßt ihn »zugleich nüchtern« bleiben: »Er weiß, daß in jedem mystischen Augenblick ein allgemeines Gesetz beschlossen ist, dessen Form er zum Vorschein bringen soll [...].«

»Verharmlosung« sei eine »Schwäche«, bemerkt Handke: »Aber die Verklärung ist eine Kraft.« Die Kraft des poetischen, »des innehaltenden, phantasierenden, ausdrücklichen Denkens« ist sie, und »dieses [...] dann meine strahlende Rüstung: das phantasierende (umphantasierende) Ich ist mein Schreiber«. (*Phantasien der Wiederholung*.)

Das appellative Innehalten, das Innewerden in Handkes »Erzählung« und »Schrift« beschreibt und beschwört (die Beschreibung ist eine Beschwörung) nicht die heile Welt. Auch nicht eine metaphysische. Es hat nicht das Metaphysische im Sinn, sondern »das beiläufig Metaphysische«, nicht die Utopie, sondern den utopischen Augenblick. Es ist, immer wieder, der Versuch, *aber der Versuch*, »Weltgeschichte« zu erfahren, »in der nichts Gewaltsames oder auch nur Jähes mehr vorkam« (*Langsame Heimkehr*), oder in eine Gegend zu gelangen, »wo es vor der Geschichte ein Entkommen gäbe, und die zugleich Neuland, etwas zum Wiederbeginnen wäre« (*Die Abwesenheit*). Doch sogar im »Märchen« (dies die Gattungsbezeichnung für *Die Abwesenheit*) fahren in einer solchen Gegend der Sehnsucht und der Visionen mit einem Mal Panzerkolonnen auf und erweist sich eine vermeintliche Naturfelshöhle beim Nähergehen als ausgebauter Felskeller.

»Ich kann Eine Zeit sein lassen, immer als ob die Zeit steht, als ob die Zeit doch geht«, sagt Handke zu Herbert Gamper im Zusammenhang mit *Der Chinese des Schmerzes*. Aber die Brücke im »Epilog« dieses Buches, die zu klein ist, als »daß sie je aus strategischen Gründen gesprengt werden müßte«, ist keine endgültig erreichte Station, und nie für immer ist Handkes Erzählen an den Punkt gekommen, wo der Stillstand und das Vergehen der Zeit einander aufheben.

»Ich bin mit der Zeit durch und durch Schriftsteller geworden, weil ich mich schreibend verlangsame (die Verlangsamung ist eine Entfaltung)«, heißt es schon in der *Geschichte des Bleistifts*.

Für die Verlangsamungs- und Entfaltungsphantasien ist jeder der in diesem Buch zur Lektüre vorgeschlagenen Texte beispielhaft.

Und jeder auch dafür, daß es für den Erzähler Handke kein Angekommensein gibt.

»Es strahlt die Ruhe des Angekommenseins aus«, hat ein begeisterter Leser zur *Lehre der Sainte-Victoire* geschrieben. Obwohl es mit Sicherheit anerkennend gemeint war, habe Handke (so sagt er zu Gamper) das »als Vorwurf« empfunden: »weil ich mir ein Angekommensein überhaupt nicht vorstellen kann.«

Die Geschichte von einem, der auszog, nie anzukommen: Sie gehört auch zu denen (zu den liebsten!), die dieses Lesebuch gerne erzählen würde.

Heinz Schafroth

I
Prolog

Leben ohne Poesie
1972

Für A., für später

In diesem Herbst ist die Zeit fast ohne mich
vergangen
und mein Leben stand so still wie damals
als ich aus Mißmut Schreibmaschine lernen
wollte
und abends in dem fensterlosen Vorraum auf
den Beginn des Kurses wartete
Die Neonröhren haben gedröhnt
und am Ende der Stunde wurden die
Plastikhüllen wieder über die Schreibmaschinen
gezogen
Ich bin gekommen und gegangen und hätte
nichts über mich sagen können
Ich nahm mich so ernst daß mir das auffiel
Ich war nicht verzweifelt nur unzufrieden
Ich hatte kein Selbstgefühl und kein Gefühl
für etwas anderes
Ich ging und stand unentschieden herum
wechselte oft den Schritt und die Richtung
Ein Tagebuch das ich schreiben wollte
bestand aus einem einzigen Satz
»Ich möchte mich in einen Regenschirm stürzen«
und das noch versteckte ich in Kurzschrift

Vier Wochen lang hat jetzt die Sonne geschienen
und ich bin auf der Terrasse gesessen
und zu allem was mir durch den Kopf ging

und zu allem was ich sah
habe ich nur »ja, ja« gesagt

Die Tage gingen wirklich ins Land
und Freunde die sonst arbeiten
haben mich besucht und sind mit mir
auf der Terrasse gesessen
»Wir haben bei der Arbeit schon ganz auf das
Leben vergessen«
sagten sie
aber ich habe die Rolle des Lebenskünstlers vor
ihnen nicht spielen können
und sie sind von ihrem Ausflug zufriedener an
ihre Arbeit zurückgekehrt

Es war die Zeit der Natur
und nicht nur die Müßiggänger sind naturfromm
geworden
Auch die Geschäftsleute begleiteten den
Austausch von Ware und Geld
mit Worten der Unlust darüber
daß sie »an einem Tag wie heute auf das
Geschäft aufpassen« mußten
und ich glaubte ihnen dabei
(mehr als sie sich selber)
Doch als dem Mietwagenfahrer vor mir über
dem Farbenspiel in der Landschaft das Herz
aufging
habe ich ihm mürrisch vorgehalten daß es
unzulässig ist
bei Mietwagen die Anfahrt mitzuberechnen

Ich lebte in den Tag hinein und zum Tag hinaus
hatte Augen für nichts

Ich beneidete auch niemanden um seine
Tätigkeit
nicht aus Faulheit
nicht aus Gleichgültigkeit
sondern weil mir mein Nichtstun im Vergleich
noch vernünftig vorkam
In meinem Stumpfsinn habe ich mich den
anderen überlegen gefühlt
ohne daß mir das freilich half
denn obwohl ich meinen Zustand für ein
Symptom hielt
ging es nur um mich
und darum daß ich nicht wußte was ich wollte
und daß ich den ganzen Tag nur ein schlechtes
Gefühl hatte –
Vor allem habe ich die Augen zu Boden
geschlagen
Der Kopf hat mir immer wieder die alten
Gedanken vorgespielt

»Basel SBB« las ich auf einer Zuganzeigetafel
im Hauptbahnhof
»Scheiß-Basel« habe ich sofort gedacht und bin
mit der Rolltreppe zur Post hinauf gefahren
ohne auch nur einen einzigen eigenen Schritt zu
tun

Ein warmer Tag
Eine kalte kalte Nacht
»Jeden Tag kommen meine Kinder aus dem
Kindergarten mit einem neuen Lied nach Hause«
sagte ein Nachbar
»Ich habe heute noch ein großes Programm«
sagte ein anderer Nachbar

»Je länger ich nachdenke desto sibirischer
wird der Wind der durch mein Gehirn bläst«
las ich bei James Hadley Chase

In den Zeitungen stand alles schon schwarz auf
weiß
und jede Erscheinung erschien von vornherein
als ein Begriff
Nur in den Feuilletons wurde noch aufgefordert
die Begriffe doch anzustrengen
aber die Begriffsanstrengungen der
Feuilletonisten
waren nur ein Schleiertanz vor anderen
tanzenden Schleiern
Die Romane sollten »gewalttätig« sein und die
Gedichte »Aktionen«
Söldner hatten sich in die Sprache verirrt und
hielten jedes Wort besetzt
erpreßten sich untereinander
indem sie die Begriffe als Losungsworte
gebrauchten
und ich wurde immer sprachloser

Ich hatte das Bedürfnis jemanden zu lieben
aber wenn ich mir vorstellte wie das im
einzelnen wäre
wurde ich mutlos
Im »Mann ohne Eigenschaften« bin ich bis zu
dem Satz gekommen
»Ulrich sah s i c h den Menschen an«
(Auch »den Menschen« meinte Musil
verächtlich)
da habe ich vor Ekel nicht weiterlesen können
Das war vielleicht ein Zeichen daß es mir schon
besser ging

Manchmal ist mir mein Kind eingefallen
und ich bin zu ihm hingegangen
nur um ihm zu zeigen daß ich noch da war
Vor lauter schlechtem Gewissen
habe ich besonders *deutlich* zu ihm gesprochen
Einmal habe ich es umarmt
als es in einem längeren Satz das Wort
»sondern« gebrauchte
dann wieder fuhr ich es an
weil es Schluckauf bekam

Damals im Sommer
als das Gras noch dicht und lang war
lag buntes Spielzeug drin verstreut
und jemand sagte
»Das liegt im Gras wie der Traum von einem
Kind«
(Bevor ich das schrieb
habe ich ganz innerlich lachen müssen
Aber es entsprach den Tatsachen – ohne
Begriffsanstrengung)

»Ich bin oft glücklich gewesen«
sagte eine schöne ältere Frau
die gern auf dem Teppich saß
und sich mit der Hand unter der Bluse die
Schulter strich
WIE oft?

Meine Schwester kam aus Österreich
und fing sofort an
das Haus zu putzen und aufzuräumen
Unwillig bemerkte ich wie sie mir den Tee bis
zum Rand voll schenkte
Dann ist mir eingefallen daß das alle ärmeren
Leute mit ihren Gästen so machten

und vor Traurigkeit bin ich mir fremd geworden
(Gleich darauf erlebte ich wieder
wie ich meine Mutter einmal böse angeschaut
hatte
als sie zu einer Platte der Beatles ein bißchen
den Kopf wiegte)

Ich war nicht ganz untätig
gründete mit andern zusammen einen
Kindergarten
beantragte eine Eintragung in das
Vereinsregister
aber das sind nur Ornamente meines Dösens
gewesen
wie wenn ein Kind seinen Kot auf dem Boden
verschmiert

Ich unterhielt mich auch mit einigen Leuten
wir wiederholten immer wieder was wir gleich
anfangs einander gesagt hatten
einer frischte die Erinnerungen des andern auf
ich sprach als ob ich einem Lauscher immerzu
meine Harmlosigkeit beweisen wollte
Der Hals ist mir steif geworden
und wenn mir alles über war
wendete ich mich nicht weg
sondern schaute bloß ein kleines bißchen zur
Seite
»Nun hör dir das an« sagte der Ben aus
»Schau heimwärts, Engel«
in den leeren Raum hinein
Genau so war es
und vor lauter kopflosem Reden
war ich so zerstreut daß ich nachher kein Buch
lesen konnte

In dieser eintönig strahlenden Herbstwelt
ist mir auch das Schreiben unsinnig
vorgekommen
Alles drängte sich so auf daß ich phantasielos
wurde
Vor der äußeren Pracht der Natur gab es keine
Vorstellung von etwas anderem mehr
und in den täglich gleichen Gesamteindrücken
rührte mich keine Einzelheit

»Nein ich habe keinen Wunsch« sagte ich
und so verstand ich auch nicht die Wünsche des
Kindes
Blind habe ich an den Nachmittagen immer
wieder nach dem Weinglas gegriffen
Ich durfte nicht voraus denken
Die Gedanken verkümmerten sofort
weil ich kein Gefühl dabei hatte
und fast keine Stunde verging ungezählt
»Immer noch besser als gerade verdursten«
habe ich einmal gedacht

Das Einschalten des Fernsehers am Abend habe
ich jeweils hinausgezögert
Der Vollblutpolitiker hatte seinen Blutdurst für
den Wahlkampf in ein immerwährendes
grausiges Lächeln versteckt
das für die Gläubigen franziskanisch aussehen
sollte
(Er redete auch wirklich zu ihnen wie zu Spatzen
in seinem Handteller)
und dann spielten
Schauspieler
Sänger und
Kamerabilder

dem Publikum das Paradies der Gefühle vor
in dem die Bilder der Menschlichkeit so käuflich
waren
die Herztöne so verfügbar
und die Mienen der Zuneigung so verpuppt
daß ich Stuhldrang bekam

In der Zeitung las ich den Ausspruch der Gattin
eines reichen adeligen Bankiers
»Unter dieser Regierung sind die Reichen noch
reicher geworden
Sie werden es mir nicht glauben
MEIN MANN IST SEHR BÖSE DARÜBER«
Das hat mich sinnlos aufleben lassen

Einmal saß vor mir eine Frau
so schön
und ich dachte »Ich muß ihr ganz nahe kommen
damit sich ihre
Schönheit entfalten kann«
aber als ich ihr näher kam
schrumpelte sie zusammen

Wenn ich am hellichten Tag aus der Ebene nach
Norden auf die Stadt zufuhr
war der blaue Himmel über dem Mittelgebirge
so dunkel
als ob dahinter die Nachtgrenze sei
es war eine Gewitterstimmung ohne
Gewitterwolken
bewölkte Augen bei strahlendem Sonnenschein
und die Sägen haben gekreischt daß ich dabei an
ein Unglück denken mußte
Die Kinder der Siedlung sind mit Rollschuhen
auf der Straße gefahren

»Wo ist deine Mutter?« habe ich eins im
Vorbeifahren fragen hören
»Die ist zum Großmarkt einkaufen«
Das ist mir wie ein Motto zu dem Leben hier
erschienen
und ich bin momentan ganz fröhlich geworden
Ich ging zum Telephon und rief alte Bekannte an
Die Freundinnen nach denen ich mich erkundigte
gab es schon lange nicht mehr
immer mehr lebten gerade allein
Ich hob ein paar Brösel vom Teppich auf
Draußen auf der Terrasse lag noch vom Sommer
her der Gartenschlauch im Gras
Ich stieß ein Glas Aquavit um
der kalte Aquavit rann ganz langsam
auseinander
wölbte sich an der Tischkante
ohne herunterzutropfen
aufdringlich sind überall die Fliegen gestorben
ich konnte sie sammeln und in den Papierkorb
werfen
Wenn ich den Wasserhahn aufdrehte
erwischte ich immer gerade die Chlorbeigabe
die im Zehnminutenabstand erfolgen sollte
und gegen Sonnenuntergang
als ich zum Briefkasten ging
war ich vom Asphalt so geblendet daß ich die
Hand über die Augen legen mußte
um die dunklen Entgegenkommenden grüßen zu
können
Endlich dann in der Abenddämmerung
hat an dem Giebelhaus schräg gegenüber
tröstlich gelb das EDEKA-Schild geleuchtet
und ich bin einkaufen gegangen
Der Laden war hell und still

der Kaufmann war schon am Abrechnen
die Kühltruhen brummten freundlich
und daß der Schnittlauch den ich kaufte
mit einem Gummiband zusammengehalten
wurde
hat mich fast zu Tränen gerührt
Am späten Abend
als ich in mich versunken im geräuschlosen
Zimmer saß
ertönte plötzlich die Gitarre am Boden
eine Fliege
war darübergekrochen
In der Nacht dann
schlief ich mit einer Gartenschere neben mir
Es war Vollmond
und das Kind zappelte mit zitternden Händen
schreiend in seinem Bett
Wenn ich die Augen schloß brachte ich sie nur
eines nach dem andern wieder auf
Ich hatte schon gewußt wie ich leben sollte
Aber jetzt war das alles vergessen
nicht einmal einen Furz würde ich als etwas
Leibhaftiges empfinden

»Es steht schlimm mit mir
Ich weiß so sollte man nicht aufhören
aber es geht nicht anders«
mit genau diesen Worten
– Speedy Gonzales der Begriffe –
wollte ich aufhören
schon bevor ich zu schreiben anfing
Dann mit der Schamlosigkeit
des Sich-Ausdrückens
ist das Vorausgedachte von Wort zu Wort
gegenstandsloser geworden

und wirklich mit einem Schlag
wußte ich wieder was ich wollte
und bekam eine Lust auf die Welt
(Als Heranwachsender
wenn sich ein Weltgefühl einstellte
bekam ich nur Lust etwas zu SCHREIBEN
jetzt stellt sich meist erst mit dem Schreiben
eine poetische Lust auf die Welt ein)
»Ich habe wieder ein Selbstgefühl« dachte ich
Dabei versprach ich mich in Gedanken und
dachte »Selbstgewühl«

In den letzten Tagen
ist die Natur musikalisch geworden
Ihre Schönheit wurde menschlich
und ihre Herrlichkeit auch innerlich
mit Vergnügen bin ich im Laub geschlurft
und hinter einem parfümierten Pudel
hergegangen
Die Büsche haben sich bewegt
wie wenn Manöversoldaten darunter getarnt
wären
tierisch leibhaftig standen die tiefbraunen
Fichten vor dem Fenster
und an einer Stelle inmitten der düsteren
Landschaft
flimmerten die Birkenblätter so hell wie ein
Schmerzenslaut
»Ach!« habe ich gedacht
Weiter weg zog hinter den Häusern Rauch vorbei
und die Fernsehantennen sind davor Monumente
geworden
Mit jedem Tag sah man in den Laubbäumen
mehr von dem Astwerk
die wenigen Grashalme die nach dem letzten

Mähen noch nachgewachsen waren
glänzten so innig
daß ich Angst vor dem Weltuntergang kriegte
in meinem menschlichen Widerschein lächelte
sogar der Verputz an den Häusern
»Mir tut das so weh!« hörte ich eine Frau von
den Kondensstreifen der Düsenflugzeuge am
Himmel sagen
Gegen Abend kamen die Essensgerüche aus den
Bungalowküchen
und das Kind ist jeweils sekundenlang hungrig
geworden
»In den Schatten dort muß es schon kalt sein«
Ich schrieb richtig MIT
sagte lang Verschwiegenes
und dachte dann wörtlich
»So jetzt kann das Leben wieder weitergehen«
Vom Umschalten der Ampel verschreckt
fingen die Gastarbeiterinnen
auf dem Zebrastreifen
mit herausgestrecktem Hinterteil zu rennen an
Die Ladenmädchen
in dünnen Westen
liefen mit verschränkten Armen schnell über die
Straße
Hinter dem Milchglas einer Telephonzelle
ohrfeigte eine Mutter ihr Kind
Wie stolz bin ich auf das Schreiben gewesen!

AdW 9–23

II
Langsame Heimkehr
1979

In diesem Zeitraum war ständige Gegenwart, ständige Allerwelt, ständige Bewohntheit. Die Gegenwart war eine Allgegenwärtigkeit, wo die einst geliebten Toten mitatmeten und die entferntesten Lieben in einem zugänglichen Nebenraum geborgen und guter Dinge waren; die Allerwelt war eine Fremde, in der es keinen Flucht- und Heimkehrzwang mehr gab, aber auch nicht die zwanghafte Teilnahme an den Gewohnheiten der Alteingesessenen; und die Bewohntheit war eine Haus- und Werkstatthaftigkeit des ganzen Landstrichs, wo persönliches Abgesondertsein ohne die Gewohnheitszwänge durch Innenräume möglich war.
Die Herbstsonne war schwach, oder heiß, oder schimmerte auf einem Fleck weit weg in der Wasserebene – war jedenfalls mehr als nur eine gleichgültige, übliche Lichtquelle im Rücken oder vor den Augen. Und die Blätter fielen auf Teller, die auf gedeckten Tischen im Freien standen, oder trieben in hellen Scharen den Fluß hinab; oder waren gar keine Blätter und flogen als Vögel vom Gras in die Sträucher zurück, blieben in einem dahinwirbelnden Schock jäh stehen und rannten als Erdtiere in eine ganz andere Richtung, waren Froschköpfe zwischen der gelben Laubschicht in den schwärzlichen Moorlachen, oder Wild, das weit weg ins Tiefland flüchtete und sich im Schußknall überschlug; oder waren dabei schließlich doch alles nur Blätter gewesen (so wie die Vogelkörper, die aus den Bäumen

fielen, nur im Wind absplitternde Rinde gewesen waren).
In dieser Zeit spielten sich solche Vorgänge nicht bloß ab als die absonderlichen Verwechslungen von einem für sich, der die Einzelheiten zufällig nicht auseinanderhielt, sondern waren zwingende Winke an den Vorgängen selber, die, wie im ganzen die Jahreszeit in einen großen Kreis (den »Jahreskreis«), sich im einzelnen, für gleich welchen Betrachter, aus einsinnigen zeitlichen Abläufen in vielfältige räumliche Ereignisse verwandeln konnten: Verwechslungen nur auf den ersten Blick, doch danach als Verwandlungen draußen willkommen, wo in einem tiefen Schauraum die Pflanzen mit den Tieren und auch den Menschen, und das Abwesende mit dem dort Vorfallenden kraft des Naturschauspiels »immer wieder einmalig« zusammentrafen. Die Landschaft, Sorgers besondere Geschichte mit dem Geschehen des nördlichen Herbstes sich einverwandelnd, wurde von dieser menschlichen Geschichte wieder gekehrt in ein zeitliches Gewölbe, wo der selbstvergessene Mann, ohne Schicksal, aber auch ohne Mangelgefühl (überhaupt von Wechselgefühlen erlöst), auch noch da war.
Es gab in der Landschaft sogar einen bestimmten Ort (den Sorger täglich zeichnete), wo diese verheißungsvolle Weltgeschichte, in der nichts Gewaltsames oder auch nur Jähes mehr vorkam, sich übersichtlich vor seinen Augen abspielte. Dieser Ort war nicht von vornherein auffällig als Stelle oder Fleck; er bildete sich erst heraus mit der andauernden Mühe des Zeichnens, und wurde dadurch beschreibbar.
Es handelte sich um den Mittelgrund eines recht gewöhnlichen Landschaftsausschnittes, von Sorger ausgewählt wegen einer Erdbeben-Bruchlinie im Vordergrund und eines Lößterrassenfragments weit hinten.

Dieses Mittelstück, das keine einzige besondere Oberflächenform aufwies, nicht einmal eine kleine Sumpfmulde, und das er nur in einer Art Füllzwang mitskizzierte, wurde mit der Zeit absichtslos ein ganz eigener Landschaftsteil. Es war eine von Baumwerk oder Unterholz fast freie, glatte Steppenfläche mit ein paar Hütten und einem schnurgeraden Weg davor, im Hintergelände begrenzt durch den schütteren Urwaldkörper, der aber dennoch so nah war, daß er Einblick zuließ, während der Vordergrund mit den vielen einzeln wahrnehmbaren Kleinformen sich für die Augen des Zeichnenden von der Wildnis wie ein schrebergartenhafter Saum abgrenzte: zwischen diesen beiden Bereichen, die sich deutlich von der Landschaft abhoben, erschien der formlose Mittelstreifen, der doch mit ihnen in derselben Ebene verlief, wie eingesenkt, als eine im Lauf der Wochen sich herausbildende Flur, und schließlich als Beispiel für ein menschliches Tal in einem möglichen ewigen Frieden.

Die den herbstlich-sonnigen Bezirk querenden Indianer fuhren da tagtäglich entweder nach links zu ihrer Arbeit oder nach rechts zurück nach Hause, so wie ihre Kinder morgens da einzeln zur Schule gingen und mittags, zu Gruppen geworden, nach Hause: hier spielten sich ihre Lebensvorgänge ohne die sonstigen Zwischenfälle ab; der den Schauplatz von der einen Seite betrat, ergänzte jeweils den, der ihn am anderen Ende gerade verließ; die sich auf der Strecke trafen, ein wenig zusammenstanden und wieder auseinandergingen, waren nur zu Gehöften unterwegs, immer im gemeinsamen Dorfbereich, und die heulenden Hunderudel hinten auf den Lastwagen waren ihre spazierengeführten Haustiere.

Anders als im Supermarkt, im Gemeinschaftshaus oder in der Bar zeigten die in diesem Mittelgrund unablässig sich Vorbeibewegenden das Bild einer unverwüstlichen, lebhaften, oft sogar heiter ausgelassenen Gemeinde; und der dadurch von vielen Zwangsvorstellungen befreite Sorger wußte, daß er diesem Bild auch glauben konnte. Bis dahin waren die Indianer in der Tat zuweilen eine feindliche Rasse gewesen, und er eine unerwünschte Person auf ihrem Land, das zudem nur nach außenhin zu seiner westlichen Welt gehörte. »Großes indianisches Volk« – das hatte er wohl einmal für sich denken können, aber jetzt erst, als »der Eindringling« und überhaupt »der andere« endlich weggedacht, wagte er Teilnahme, oder war einfach selbstverständlich dabei; und siehe: sie hatten mit ihren Parolen und Flüchen gegen die »Weißen« ihn zumindest nur zuletzt gemeint.

In all den vergangenen Monaten war Sorger von ihnen übersehen worden. Sie schauten geradeaus, wenn er an ihnen vorbeiging, rempelten ihn vielleicht auch kurz und blickten sich dann wohl nach ihm um, aber eher wie nach einem Hindernis auf dem Weg, von dem man nach dem Anprall wissen will, um was für eine Art Ding es sich da gehandelt hat: jetzt, sie als Zusammengehörige in einem Dorfverband begreifend, bemerkte er, daß er dadurch für sie überhaupt erst wahrnehmbar wurde, und er erfuhr, daß es seine Sache gewesen wäre, von ihnen nicht mißachtet zu werden. Sie wandten nun zwar die Köpfe in der Vorbeibewegung nie eigens zu ihm herüber, wie er da mit seinen Geräten stand und vertieft war, und trotzdem, seiner vorigen Beschränkung enthoben, war er sich ihrer Nähe zu ihm sicher: er störte sie nicht mehr, und sie erwiesen ihm sogar, bloß indem sie sich so ausgelassen zeigten, eine Aufmerksamkeit, welche für sich schon freundlich war.

Sorger kam es vor, als sähe er an diesem Schauplatz auch die Kinder der Indianer zum ersten Mal beim

Spielen; als erlebte er überhaupt erstmals im hohen Norden auch Kinder; und als seien selbst die Erwachsenen so vertraut geworden, daß sie, was auch immer sie vor ihm anfingen – auch wenn sie nur in den Autos vorbeirasten –, gleichsam für ihn zu spielen schienen. *Er* wurde unbefangen – und schon spielten *sie*.
Abends setzte er sich dann wirklich in die Bar zwischen sie, die dichtgedrängt und wie in einem Kino-Halbdunkel hintereinanderhockten. Er schaute niemanden besonders an (erfaßte immer mehrere Gestalten auf einmal), und auch sie beachteten ihn nicht ausdrücklich; doch ihre Bewegungen um seinen Platz herum waren jedesmal achtsam, fast tänzerisch. Vielleicht näherte sich auch einmal ein drohendes Gesicht – und konnte sofort als zufriedenes sich wieder zurückziehen, weil die Drohung, nicht aber das Gesicht, gleich im ersten Antwortblick übersehen wurde. (Setzte der Betrunkene die Drohhaltung fort, weil er den Blick eines anderen gar nicht mehr wahrnehmen wollte, so pflegte eine meist ältere Indianerin diesen starr Dastehenden abzudrehen zu einem langen, traurigen Besänftigungstanz, von dem er dann nicht zurückkehrte.)
Sorger gehörte nicht zu den Indianern als einem Stamm, aber zu ihnen jeweils im Barraum, in der Siedlung oder wo immer in der Region; er hatte nicht ihre Hautfarbe vergessen, fühlte zwischen ihnen nur die eigene nicht mehr heraus. Er konnte sich manchmal sogar vorstellen, in einem ihrer Familienklans geborgen, für immer dazubleiben; oder vielmehr wirkte der Herbstraum als eine natürliche Tagtraumvorstellung und überstieg Sorgers persönliche Vorstellungswelt: als stellte die Natur selber dem nur noch zufrieden anwesenden Mann eine entsprechende überpersönliche Geschichte vor. Er würde mit seiner Familie im Dorf-

verband leben, zu dem naturgemäß auch Kirche und Schule gehörten, und durch seine Arbeit der Gemeinde sogar nützlich werden. Kirche, Schule, Familie, Dorf: das bedeuteten wieder ganz frische Lebensmöglichkeiten, und Sorger erfuhr den Rauch, welcher tagsüber von den Hütten im Mittelgrund aufstieg, als eine Neuigkeit; er hatte ihn wohl schon gesehen, so wie jetzt aber erst einmal – nur wo? nur wann? Ohne wo, ohne wann: es war eine Erleichterung, nicht mehr denken zu müssen, daß die Leute hier nichts als Verlorene in einem verlassenen Landstrich seien, »wo es nichts gab«. Es war doch alles da.

Er traf die Indianerin nun ohne Heimlichkeit, stellte sie auch seinem Kollegen Lauffer vor, obwohl er sonst seine Beziehungen zu Frauen für sich behielt: »Das ist meine Freundin«; und von da an kam sie sogar manchmal ins Giebelhaus, mit den Kindern, oder am Abend als Dritte zum Kartenspiel. Sorger hatte geradezu ein Verlangen, sich mit ihr zu zeigen, wußte freilich nicht, wem. Früher hatte er sich von dem Blick ihrer besonderen Augen mit den in der dunklen Iris kaum sichtbaren schwarzen Pupillen nie gemeint gefühlt; jetzt vertraute er ihr – und empfing ihren Blick (der so war wie immer). Er war bei ihr gerade so abwesend, daß er doch ständig mit ihr verbunden blieb, und hatte kein Schuldgefühl mehr dabei, nur eine ihm endlich ganz eigentümliche, nicht mehr befremdende Lust. (Es war, als erlebte er in ihr erst die rechte Erdenschwere; und eines Nachts lagen sie wie auf einem Hochplateau, das dann auf einmal zu klein für sie war: sie wuchsen überlebensgroß und wurden, ungläubig vor Lust, die Welt füreinander.)

Vor Zeiten hatte sich Sorger eine Fähigkeit zum Glück zugeschrieben. Es zeigte sich als brüderlicher Leichtsinn, der sich manchen auch mitteilte. Inzwischen gab es kein Verlangen mehr nach Glückszuständen; er vermied sie sogar wie eine Krankheit. Er war nur ab und zu überrascht gewesen, wie gut andere gerade mit ihm froh werden konnten: das hatte ihm dann kurz die Gewißheit gegeben, auch gegen die Zeit ein richtiges Leben zu führen, und zugleich immer wieder schuldbewußt gemacht, weil er nicht für Fortdauer sorgte. Nun aber versprach er keine Zukunft mehr, war nur noch der Anlaß; und in einem Bild sah er, wie die Frau und er sich voreinander verneigen und ihrer Wege gehen würden: wie sie jetzt zusammen sein konnten, war es eine Vereinigung für immer.

Abschiednehmend bewegte er sich auch mühelos in der anderen Sprache, ohne freilich mit besonderem Slang oder Tonfall ein Heimatrecht vorzutäuschen. Er verlor beim Reden das Bewußtsein der eigenen Stimme; wie er als Wesen gleichsam in der herbstlichen Landschaft verschmerzt war, so schien sein Reden mit dem der anderen jetzt mitzulauten. Er hatte überhaupt ein neues Vergnügen an fremden Sprachen und wollte noch welche dazulernen. Er sagte: »In meinem Ursprungsland war nie auch nur die Vorstellung möglich, zu dem Land und den Leuten zu gehören. Es gab nicht einmal eine Land-und-Leute-Vorstellung. Und gerade die Wildnis hier verhilft mir zu der Idee, was ein Dorf sein kann? Warum zeigt sich erst diese Fremde als eine Bleibemöglichkeit?«

LH 50–58

Die »Avenue der Gegenwart«, auf der Sorger und Esch ihren Weg fortsetzten, zwischendurch auch laufend mit den zahlreichen nächtlichen Läufern, belebte sich vor ihnen als Gegend für sich, mit den dazugehörigen seltsamen Ecken, Durchblicken und Vorsprüngen, wie ein abgegrenzter Stadtteil sich bildet für dessen langjährige Bewohner: und es standen ja auch wirklich in vielen Schaufenstern Schilder, welche einluden zum »Sonntags-Frühstück auf der Avenue«, als sei diese, die dabei mitten durch die Metropole führte, ein traditionelles Ausflugsziel. Zur einen Hand erschien am Ende jeder Querstraße der wie in die Finsternis abfallende Park, aus dem ab und zu von den Felskuppen ein glimmeriger Schein heraufkam; zur anderen leuchtete, nach jedem Block etwas höher in den Zenit gerückt, immer neu der abnehmende Mond, der sich allmählich – es wurde auch spürbar kälter – weiß entfärbte, dann einen breiten Hof ausstrahlte und an der Kreuzung, wo die beiden vor einem die ganze Nacht offenen Supermarkt anhielten (als sei das der Ort, sich zu trennen), in einer nur noch von den Stadtlichtern widerscheinenden Bewölkung verschwunden war. Dann liefen auch schon Scharen vager Schatten über den Asphalt, denen die zugehörigen Körper gleich hinterherkamen: große Schneekristalle, die in leise knisternden Schwaden aus dem Nachthimmel sanken; und Esch sagte: »Vor ein paar Stunden hätte ich in diesen Schemen noch Ratten gesehen.«

Sie befanden sich nun in der weiten amerikanischen Region »Snowflurries« (Vorstellungsbild von einer ländlichen Hügelgegend mit Karrenspuren und einem einzelnen Holzzaunpflock), und hatten Zeit, nebeneinander im Schneefall zu stehen. Es war nach Mitternacht; doch überall, bis in die Tiefe der Avenue, hinunter und hinauf, bewegte es sich noch von Menschen; manche scharrten schon die Flocken auf den Dächern der parkenden Autos zusammen und versuchten, sich damit zu bewerfen.

Den beiden zunächst umarmte eine Frau einen Mann, der als Antwort bloß vergnügt zurückschaute. Als aber der Mann, nach einer kurzen Unterhaltung, seinerseits die Frau streicheln wollte, wich sie mit dem Kopf vor ihm zurück. Leise auf sie einredend, hatte er noch einmal zur Versöhnung angesetzt, indem er sie, die dabei steif wurde, mit dem ganzen Körper an sich zog – winkte dann unversehens ab und drehte sich zur Seite. Seine Wangen waren heftig gerötet; und Sorger, dem jetzt erst auffiel, wie jung die beiden waren, kam der Schilehrer in den Sinn, der als Toter ein bitter enttäuschtes Gesicht gehabt hatte, und er stellte den Burschen ganz in sich – und das hieß: in die weltweit flirrende Schneenacht, in den heilkräftigen Winterraum hinein, um ihn dort wiederzubeleben.

Dann bemerkte er, daß das triste Paar auf dem Gehsteig, wie in einer die Menschenwelt verlachenden Groteske, drinnen in dem Supermarkt, gleich hinter dem Fenster, sozusagen noch einmal auftrat, in Gestalt zweier älterer Männer an der Kasse (der dahinter Sitzende ein Weißer, der davor Stehende ein Schwarzer), welche da aneinander vorbeischauten, als sei zwischen ihnen beiden, über den sicherlich mitzählenden Tatbestand hinaus, daß sie »Angestellter« und »Kunde«, »Neger« und »Weißer« waren, gerade etwas Schlimmeres als persönliche Feindschaft ausgebrochen: das gesichtsauslöschende, sinnesverwirrende, klägliche Unverständnis – das keiner von ihnen wollte und das beide gleich unglücklich machte.

Anders als bei dem jungen Paar draußen auf der Straße (wo der Mann mit abgewandtem Gesicht die Frau schon wieder schüchtern kitzelte) waren die Gesichter der zwei Alten im Supermarkt von einer tiefen Blässe. Sie redeten nicht; regten sich auch kaum (bloß der Schwarze knüllte an seinem braunen Papiersack herum). Beide verharrten mit voreinander gesenkten Augen, an denen die Lider zitterten, ohne auch nur ein einziges Mal Bestätigung oder Hilfe bei den übrigen Leuten zu suchen, die mit ihrem Eingekauften in einer kalt erstarrten Reihe, nicht einmal wartend, ebenso bleich, verstummt und vereinzelt, hinter ihnen standen; und erst als der Schwarze, lautlos die Lippen bewegend, endlich die Tür aufmachte, hob der Kassierer den Kopf für den nächsten Kunden – grinste diesen jedoch nicht an (wie der Zeuge draußen es erwartet hatte), sondern offenbarte nur (niemand Bestimmtem) seine dunklen, trostlos geweiteten und einen Moment lang flehentlich glänzenden Augen.

Gleich darauf, während Sorger dem Neger nachschaute, der, hin und wieder die Arme hochhebend, sich in die nächtliche Avenue hineinbewegte, fuhr unversehens ihnen allen, die noch unterwegs waren – auch einer Gruppe, die weiter entfernt im Finstern auf einen Autobus wartete –, ein Lichtstrahl über das Gesicht und dann weiter durch die Straßenflucht, wie ein Such-Scheinwerfer an den Gebäudesockeln entlang, obwohl doch gerade keine Autos fuhren; und erst mit der Bodenerschütterung und dem nachfolgenden Luftzug wurde klar, daß der Blitz durch die Gehsteiggitter von der darunter verkehrenden Subway kam.

Sorger blickte auf Esch, der schon in den Halbschatten abgedreht war; dieser erwiderte den Blick sofort, und beide zogen nun, einander immer wieder anschauend, wie in einem inneren Bogen ihren gemeinsamen Weg nach: erst die Augen in leidenschaftlicher Ratsuche hilflos gerundet, dann »wie Wissende« halb geschlossen, dann fast schurkisch einander zuzwinkernd, und am Ende sich nur noch ehrerbietig verabschiedend (als wüßten sie, daß sie auch Feinde sein könnten) – bis sich ihre Blicke voneinander weg zur nächtlichen Stadt hin verlängerten, wo den in die Subway Steigenden mit dem Schnee die Herbstblätter nachwehten und über

der Skyline die dichtauf folgenden Nacht-Flugzeuge, zuweilen im Himmel jäh aufflammend, wie auf einer zusätzlichen Avenue schwebten.
Zuletzt überreichte Esch seine Visitenkarte (eines »traurigen Geschäftsmannes«); klimperte als Zeichen seiner Heimkehrfähigkeit mit seinen »Europäischen Schlüsseln« (wobei Sorger auffiel, daß er selbst gar keine Schlüssel mehr besaß); tadelte mit einem geradezu verschmitzten Gesicht (wobei er sich ganz nah vor den anderen hinstellte) Sorger für dessen zeitweilige »Geistesabwesenheit«, welche »schuldhaft« sei; rezitierte aus einem Gedicht: »Der Schönheit Gang war kurz / wie ein Traum im Schneelicht«, und schenkte dem »Landsmann« zum Abschied seinen Hut.
War die Katastrophe nicht bloß kurz aufgeschoben? Niemand würde sterben! Sorger hatte die Gewalt zu wünschen, und die Ruhe der horizontalen Welt trat ein. Der Wind wechselte. Schnee und Laub tanzten straßenaufwärts: »Da fliegen wir alle!«

Der Empfangsraum des Hotels hatte die Eigentümlichkeit, daß er unter dem Straßenniveau lag: mehrere Stufen führten von dort in das blendend helle, dabei nächtlich leere Souterrain hinunter, wo in einer weitentfernten Ecke der Liftmann eingeschlafen auf einem Schemel saß, während die Stimme des Portiers, der selber vom Eingang aus unsichtbar war, den in der hinteren Spiegelwand zu Erkennenden mit der Frage begrüßte: »Späte Ankunft?« Durch die sich langsam schließenden Flügel der Eingangstür sauste kurz noch die Luft von draußen herein; dann war es auf einmal sehr leise in der Halle, und der Spätankömmling meldete ein Telefongespräch nach Übersee an.
Er setzte sich zum Warten auf einen rotbezogenen Sessel an der Seitenwand, neben den schlafenden Lift-

führer, der glatt zurückgekämmte weiße Haare hatte. Nur die Eigengeräusche des Raumes waren noch hörbar: ein Klimagerät klapperte, und aus einer Eismaschine wurden mit einem Klicken immer wieder helle Würfel ausgestoßen. Ein Läufer, rot wie der Sessel, zog sich hin bis zur anderen Querwand, und das Messinggitter vor dem offenen Lift übertrug seinen Altersglanz gemach in die zunächst (wie überhaupt das ganze Hotel) bloß robust erscheinende Halle. Wann hatte er zuletzt Zeit für solch unauffällige, undramatische, nichts als herzerwärmende Gegenstände gehabt? »Will ich denn mehr? Ist es nicht mein Traum vom Leben, nur noch zufrieden den weltlich-himmlischen Liebreiz der Dinge um mich zu haben?«
Dann schrillte das Telefon, und Sorger stolperte in die Telefonkabine; redete aufgeregt und spürte zugleich einen merkwürdigen Schmerz, der ihn, wie bei einer Operation, von der innersten Brust bis hinauf in den Schädel durchschnitt, begleitet von einem quälenden Geräusch, das sein höchstpersönliches Lachen war. (»Ist bei euch ein Fest?« wurde er gefragt.)
Nach dem Telefonieren blieb er empfindungslos in der dunklen Zelle sitzen, nur noch lebendig. Er hatte nicht einmal von einer Heimkehr geredet; und man war nicht neugierig gewesen. Auf das Bekennen seiner Gefühle war nur ein verlegenes Lachen gekommen. Sorger erfuhr, daß er gar nicht gebraucht wurde. Es war ihm sogar recht, und er saß schwitzend, bewahrte die andere Stimme im Ohr und wollte immer weiter dasselbe Wort sagen; und zugleich zählte er im stillen immer noch die Stufen, die von der Straße in die Halle herabführten. Er wünschte sich die Geliebten herbei, und da waren sie (sie waren all die Zeit nur im Nebenraum gewesen); und zugleich dehnte sich der Ozean zwischen ihnen.

»Er ist nur ein Tier.«
Wer sagte das? Er stieß die Kabinentür auf und sah den Nachtportier durch eine Luke in der Schlüsselfachwand mit der Telefonistin reden, welche dahinter wie in einem Verschlag vor den Steckkontakten hockte. Niemand von den Anwesenden schien mit diesem Satz gemeint zu sein: und doch schaute Sorger unwillkürlich zu dem schlummernden Liftmann hin, an dem ihm augenblicklich eine blutende Warze auf der Wange und die fehlenden Schulterlitzen der Uniform auffielen. Und wieder sagte der Portier zu der Frau in der Luke: »Er ist ein Tier – ein verrückt gewordenes Tier. Und die einzige Möglichkeit, mit verrückten Tieren umzugehen, ist, sie auszurotten.«
Eine tiefere Nacht brach als jähe (und gleich wieder unbegreifliche) Ahnung über das freundlich leuchtende Souterrain herein, wo für einen Moment die Lamellen des Klimageräts ratterten, als säßen die vier Personen da verloren in einem gespenstischen Zug: in einem Raum-Zeit-Ruck verzerrten sich die Gesichter zu Schlagetot-Masken, aus denen, unveränderbar böse, die Parolen der Gewaltvergangenheit auch dieses Landes nachtönten, welches sich vor dem Ausländer tatsächlich manchmal als »gotteigen« erstreckt hatte. Der winzige Ruck genügte, daß die tagklare Lobby, mitsamt der Lichterstadt vor den Türen, zu einem Nachbild des Dschungels verwilderte, in das von allen Seiten die Schatten von Bajonettspitzen ragten. Der Zug stieß ein Geheul aus, in dem auch das Ticken der Fernschreiber zu hören war; und Sorger erkannte in dem schattigen Gesicht des Portiers eine Indianermaske, die einen Menschen, »seine Seele verlierend«, darstellte und in deren hölzernen Wangen zwei Mäuse saßen, die die Seele auffraßen. – Es erwies sich dann freilich, daß der Portier nur aus einer Zeitung vorgelesen hatte.

Was galt nun eigentlich: das schöne Vorspiel oder das gräßliche Nachgetümmel? »Was will ich? Was ist für mich wirklich?«
Wirklich war die Kinderzeichnung über der Schlüsselwand; wirklich waren die unbeweglich müden Augen der Telefonistin; wirklich war die gravitätische Gebärde, mit welcher der Liftführer, durch die laute Stimme aufgeschreckt, Sorger in seinen mit Glaslüster und rotsamtener Sitzbank verzierten Fahrstuhl einlud; wirklich waren die ordentlich parallelen, vom Naßkämmen steifen Haarsträhnen, die schiefen Schultern und die glänzenden Lackschuhe des alten Mannes, der auf der gemächlichen Fahrt hinauf in das Turmzimmer, mit dem Rücken zu seinem Passagier stehend, diesem eine unverständliche Predigt hielt und am Ende zwei Finger, zwischen denen der Trinkgeldschein steckte, zu einer Entlassens-Geste hob: »*Das* ist etwas!« Wirklich war, was friedlich war.
In dem kurzen Flur roch es nach Farbe. Sorger bemerkte, daß seine Tür, am Morgen noch grün, dunkelrot gestrichen war. War nicht auch auf dem nächtlichen Nachhauseweg ein Geschäft, das am Tag von Obstpyramiden hell geleuchtet hatte, zu einem schwarz ausgebrannten Loch geworden, in dem nur noch einzelne Äpfel mit geplatzter Haut in der Asche lagen? (Und in seinem Mantel waren hinten tiefe Schnitte wie von Rasierklingen.)
Sorger betrat das Zimmer mit einem Lied des Sängers im Kopf, das von einem erzählte, der, um vom »tödlichen Loch« wegzubleiben, sogar »herumschmieren wollte wie ein billiger Detektiv«: »Born to win.« Das Bett stand aufgeschlagen wie für zwei, und zu beiden Seiten waren die gelben Nachttischlampen an. Die Falten im Leintuch gaben ein Bild von der Weltkarte, und Sorger erlebte in einem Atemzug die Zeit von seiner Geburt

weit weg in Europa bis jetzt zu dieser Gegenwart, als sanfte, stete Aufwärtsbewegung; und er spürte dabei, wie er von sich selber stark wurde.

Er zog die Vorhänge und Jalousien wieder auf (Flockenschaben am Glas und Nachtschwärze) und schaute die Aufzeichnungen der letzten Jahre durch. Es wurde ihm dabei deutlich, wie sehr sich seine Vorstellungen von der geplanten Abhandlung geändert hatten; in das Interesse an den langzeitigen Naturräumen hatte sich eine Betroffenheit durch Raum-Formen eingemischt, die gleichwo (nicht allein in der Natur) sich bloß episodisch bildeten, indem »ich, Sorger« sozusagen »ihr Augenblick« wurde, der sie zugleich zu Zeit-Erscheinungen machte. Aber gab es überhaupt eine Terminologie für die vorbeischlüpfenden, der Erinnerung kaum Worte und Bilder lassenden Einmaligkeiten?

Das Schwere, Glatte, das Sorger nun vor sich sah und zugleich platzverdrängend in sich hatte, war ein gläserner Berg, der ihm die Heimkehr verwehrte, und er schaute zu dem weißen Bett hinüber wie auf eine Fluchtmöglichkeit. Entspräche es diesen unbeglaubigten, weil sich mit seiner innersten Person verschränkenden Kurzzeiträumen nicht eher, sie nachzuerzählen? War es nicht so, daß gerade jenes kurze »Kreisen der Räume« ihn jeweils begeisterte als Erkenntnisglücksfall, welcher dann nach Dauer in einer *Form* verlangte und ihm so eine Idee von der richtigen menschlichen Arbeit vermittelte, wo Ekel und Trennungsschmerz zwischen ihm und der Welt aufgehoben wären? Wie aber könnte es gelingen, von Räumen, die ja an sich kein »nach und nach« kannten, zu »erzählen«?

Sorger breitete die Hefte mit den Aufzeichnungen über den Tisch, so daß jedes einzelne mit seiner besonderen

Farbe erschien und die ganze Tischfläche gleichsam zu einer geologischen Karte wurde, wo bunte Flächen die verschiedenen Erdzeitalter bedeuteten. Ein mächtiges, unbestimmtes Zartgefühl ergriff ihn: Natürlich wünschte er sich ein »zusätzliches Licht«!

Und bewegungslos stand er über das vielfarbige, an manchen Stellen schon altersblasse Muster gebeugt, bis er selber eine ruhige Farbe unter anderen wurde. Er blätterte die Hefte durch und sah sich in der Schrift verschwinden: in der Geschichte der Geschichten einer Geschichte von Sonne und Schnee. Jetzt könnte er alle zu sich überreden, und die dunkle Weltkugel zeigte sich als eine zu beherrschende, sogar bis ins Innerste zu entschlüsselnde Maschine.

»Fälschung!«: Das war nun aber kein Schuldvorwurf mehr, sondern eine Heilsidee: er, Sorger, würde das »Evangelium der Fälschung« schreiben; und es war eine triumphale Vorstellung, ein Fälscher unter Fälschern zu sein. (Ein einzelner war nur zu Stückwerk gut.) Und zugleich sah er sich fähig, das Scheitern zu ertragen: verschwand schon durch »seine« Arkade. In einem Bach stand das Wasser, im Wasser standen Eisstücke.

Im Bett klopfte er die letzte Verlassenheit auf der Matratze ab und wünschte, das Licht ausschaltend, allen alles Gute. Die Gegenstände im dunklen Zimmer sprachen mit den Stimmen von Angehörigen. Er sah zwei Augen, von denen er sich geliebt fühlte; und eine Stimme weit weg oder ganz nah an seinem Ohr sagte tatsächlich: »Ich liebe dich.« Er atmete nicht, lustvoll, und dann schlief er schon.

Europa lag unter ihm als nächtlich hallendes Labyrinth, in dem es von Autohupen gellte. Er sah die Große Handschrift, in der sein Leben beschrieben wurde, und las daraus sogar einen Satz (der aus dem anderen

Geschriebenen hell herausgehoben war): »Er war nun einmal er, und der Spiegel, das Nichts und die Gravität berührten einander.«

Es war ein Schlaf der Verwandlungen: aus dem zwischen die Knie geschobenen Arm wurde ein Baum, die Finger wuchsen als Wurzeln in die Erde. Und er war dabei nicht allein: Lauffers ungebärdige Schulter zuckte unter einem breiten Hosenträger in dem Telefonraum des Indianerdorfes in Alaska; es rundeten sich die Augenbrauen der Nachbarsfrau vom Pazifischen Ozean; Esch bezauberte den Erdball mit dem Gesicht eines berühmten Schauspielers, und Sorger war der Joker, der sie alle einschloß.

Sie saßen dann zusammen auf einem Schneefeld in der hellen Sonne und hielten an einer Tafel Familienrat (zu dem auch Unbekannte gehörten). Ein Obstbaum, dessen Zweige wie Elchgeweihe waren, hing voll von großen, gelbweißen Frühäpfeln, von denen auch zahlreiche unten im Schnee lagen.

Zugleich blieben seine Sinne wach: er sah, mit geschlossenen Lidern, wie der Morgen graute, und hörte durch die Verbindungstür einem Mann im Nebenzimmer zu, der da bis ans Ende der Nacht, ohne auch nur einmal abzusetzen, in einer immer wüsteren Litanei alle Dinge und Menschen zwischen Himmel und Erde verfluchte.

Das Kopfpolster berührte ihn wie die nackte Fußsohle eines Säuglings, und im Aufwachen wirkte ein Kind in ihm, das dann still, ohne Wimpernzucken, mit dem eigenen Atem spielend, zum Fenster hinschaute. Alles, was er an sich organisch wünschte, war organisch; und alles Anorganische anorganisch.

»Das bin ich!«

LH 180–193

G. Bei der Beschreibung der Indianer steht der Satz: »Hier spielten sich ihre Lebensvorgänge ohne die sonstigen Zwischenfälle ab.« (S. 55.) Die »Lebensvorgänge« reduzieren sich auf das anonyme Vorbeigehen, und die »sonstigen Zwischenfälle«, das ist ja alles, was ein individuelles Schicksal ausmacht, ein besonderes Menschenleben. Und von dem wird ja in dem Maschinenstaat auch abstrahiert, da ist der Mensch nur noch eine funktionierende Figur, die vorbeigeht.
H. Ja wenn Sie das so miteinander zusammenbringen, kann ich mich auch nicht dagegen wehren. Ich kann nur sagen, ich seh's getrennt. Und das ist vielleicht wirklich auch eine Art Schwäche von mir, daß ich wegblicken will, wenn die Zwischenfälle kommen. Also es ist ja auch unwillkürlich oft schon gewesen, daß der erste Impuls – ich weiß ganz genau ungefähr wie ich da bin – ... der erste Impuls, auch bei ganz harmlosen Sachen: rutscht da jemand aus und fällt hin, nur so ganz harmlos, nur das als Beispiel, ist mein erster Impuls, wegzuschauen. Oder wenn jemandem eine Drohgebärde nur entgegengehalten wird, ist mein erster Impuls, wegzuschauen. Ich hab mich dann sozusagen selber erzogen, auf den zweiten Blick wieder zurückzuschauen, und ab und zu, wenn ich das nur kann, auch dann einzugreifen. Aber immer war, zeit meines Lebens war der erste Impuls das Wegschauen, und ich wollte, daß da nichts passiert. So wie der John Ford sagt: »Alles soll bleiben wie es ist«, in dem *Kurzen Brief zum langen Abschied:* »Alles soll beim alten bleiben« (S. 190f.). Also daß alle diese Regeln ... daß die Züge so fahren wie immer, daß da niemand stolpert ... – daß man da zwar ahnt, was war und sein wird: ahnt genau an den Gesichtern, oder daß da auch jemand in der Menge geht und weint, das gehört auch dazu, aber kein Zwischenfall, ja, das stimmt schon. – Ich hatt mal die Vorstellung, ein Theaterstück zu schreiben, daß da nur eine Frau auf der Bühne

sitzt oder steht, so lang es geht, und weint. Nur das. Sie sehen aus dem allem vielleicht, daß ich so auf Ein Ereignis, das möglichst lang anhält, ohne Zwischenfall, daß ich darauf eingestellt bin. Sicher, man kann das kritisieren.

G. Ich glaub aber nicht, daß das jetzt bloß eine Folge einer persönlichen Veranlagung ist; die ist ja gar nicht ungewöhnlich: die meisten Leute schauen nicht nur im ersten Augenblick weg, wenn jemand stürzt, sondern auch im nächsten noch. Ist es nicht eher so, daß Sie auf die Weise sich die Allgemein-Verbindlichkeit sichern möchten, aber um einen Preis: daß die also, unter Absehung von allen individuellen Besonderheiten als »sonstigen Zwischenfällen« um den Preis erkauft ist, daß wieder die Grenze zur Unverbindlichkeit erreicht ist, wo das gleich Gültige zum Gleichgültigen wird? Ich will jetzt das Gegenteil ...: Sie haben mich gefragt, was ich in jenem Sommer der schönen Einsamkeit aufgeschrieben und ob ich nie daran gedacht hätt, das zu publizieren. Selbstverständlich nicht: Es geht nur mich an. Das ist das Gegen-Extrem: extrem individuell, und hat sonst für niemanden Bedeutung: Erinnerungen und Träume und ihre Analysen.

H. Und Sie glauben nicht, daß das jemand angehen könnte?

G. Nein.

H. Also das scheint dann oft mein Wahn zu sein, daß ich in manchen Momenten denke, ja, das geht an alle.

G. Ja und darum, mein ich, sehen Sie von allem Individuellen ab: um diese Verbindlichkeit zu erreichen – um den Preis dieser Zweideutigkeit, die sich dann einstellt.

H. Mhm. Ich erlebe schon oft das Problem, daß ich denke: Das kommt nahe an Impression oder an Beliebigkeit. Daß das Zwingende, das man ja sehr gut spürt in der Arbeit, sich nicht einstellen will. Das weiß ich schon und tu dann einfach nicht weiter in der Richtung, und ich versuch, durch Bedenken, Erinnern, und auch Abwarten natürlich, das Zwingende wieder einzuholen. Das ist richtig eine Grenze, fast ein Grat.

G. Das Zwingende für mich als Leser – vielleicht bin ich wirklich in historisch überholten Rezeptionsformen befangen …

H. Das glaub ich schon.

G. … die Möglichkeit will ich zugestehen, ja, aber ich kann jetzt nicht über den Schatten springen … das Zwingende für mich als Leser erscheint unter anderm darin, daß eben beispielsweise das zweite Auftauchen des Jokers mit dem ersten in einer nachvollziehbaren … in einer bedeutungserzeugenden Beziehung steht.

H. Also ich kam mir jedesmal, wenn ich eine Szenerie habe und die dann noch einmal in der Erzählung in einer Variante, auch in einem Sinnwechsel, oder überhaupt erst im gefundenen Sinn auftauchen lasse, kam ich mir leicht ungehörig vor – es sei denn, das würde ganz instinktiv geschehen. Zum Beispiel – das weiß ich noch genau – den Zug der Indianer im Hohen Norden in diesem Mittelgrund, wo sie hin und her gehen, dann zu übertragen auf den Central Park in New York und dem Zug der Indianer jetzt seine Bedeutung erst zu geben in der Wiederholung, da hatt ich sehr zu kämpfen mit der Vorstellung, ich überschritte da eine Grenze, also in der Sinngebung dieses …

G. Also etwas, was die Offenheit einschränkt.

H. Jaja genau, genau so, wie Sie's jetzt sagen. Während ich, wenn der Sorger am Schluß da träumt und da zum Joker wird, also all die Leute, die er getroffen hat, in einem Kartenspiel sieht und sich selber als den Joker in diesem Kartenspiel: da kam mir nicht vor, als würde ich diese Offenheit jetzt zusammenschnurren lassen, sondern als sei da etwas ganz anderes geschehen im Schreiben, und zwar, das Erzählte, also die erzählten Figuren, fänden da Heimat in der Erzähl*ung*; vielleicht können Sie's ungefähr verstehn.

Also die unmittelbare Geschichte – da sind wir wieder dabei – wird auf einmal mittelbar, indem die Figuren der Handlung zu Figuren einer Erzählung werden. *So* hab ich das erlebt. Also daß das nie eine Sinngebung ist, wenn die dramatis personae dann aufgenommen werden – was ich halt jetzt so ein bißchen ironisch auch sage – in die ... (*Band schnappt ab: Lücke im Gespräch*).

G. Andererseits gibt aber so etwas auch das Gefühl einer Erweiterung: also wenn ich jetzt auf ein Bild treffe, und diesem Bild wächst Bedeutung zu – wie das auch in einer Beethovenschen Durchführung passiert oder wenn das Motiv in der Durchführung variiert wurde und dann wiederkehrt in der Reprise: dann hat sich das auch ausgeweitet und bereichert; es ist also gerade nicht eine Verengung.

H. Aber eine Verengung ist es dann, und geht auch als Verengung über, wenn zu spüren ist, daß die Bedeutung gewollt ist, daß auf die Bedeutung gewartet wurde. Und ich glaub, bei diesem Wiederholen der Indianer im Weltstadtpark, da ist die Bedeutung beabsichtigt; ich hab darauf gewartet, ob ich diese Wendung jetzt schaffen könnte, sie hat sich nicht ereignet. Ich glaub, die Bedeutung muß sich dann ganz organisch ereignen im Lauf der Geschichte.

G. Ich als Leser merk das nicht, mir kommts nicht gezwungen vor.

H. Ja ich hatte da schon zu kämpfen.

Ail 250–255

G. Und bei der *Langsamen Heimkehr*, waren es da besonders schwierige Phasen, wo Sie nur zehn Zeilen zustandebrachten?

H. Da war überhaupt nichts, da war totale Sprachstille. Stellen Sie sich das einmal vor: Sieben, acht Stunden lang sitzen Sie davor – und Sie tun ja nicht sich ablenken, sondern Sie wollen den Gegenstand fassen, sich konzentrieren – und der hat keine Sprache, der hat wieder keine Sprache. Vielleicht ein Wort leuchtet da mal auf, leuchtet wieder eins auf: dann haben Sie vielleicht, wenn Sie ganz ruhig sind ... – ich mein, da ist ja auch die Gefahr der Panik sehr nahe, daß Sie überhaupt nicht mehr weiterkönnen; nicht nur in diesem Satz nicht weiterkönnen, sondern nie mehr werden weiter ...: wenn Sie das nicht schaffen, dann werden Sie nie mehr weiterschreiben. Und dann kommen ein, zwei Wörter, wo Sie denken, ah die Wörter, die gehören in den Satz, und dann ist es dann halt doch so gewesen, daß aus diesen zwei Wörtern sich der schwingende Satz ausgebildet hat. Ich mein, es ist nicht so, daß man auf die Stimme wartet, was immer ideal ist: daß man einfach nur mitschreibt – das Ohr gehört ja sehr dazu –, daß man sozusagen ... auf einmal bildet sich der Rhythmus des Satzes schon vor den Wörtern, und aus dem Rhythmus, wie Satz und Nebensatz und so weiter funktionieren, bildet sich dann der ... der ... der ... wie sagt man ... der Gegenstand, dem man eben grad durch das Schwingen und die Wörter am richtigen Platz gerecht geworden ist. Es ist ja im Grund, wenn man Prosa ernst nimmt, ist es genau so wichtig und genau so schwierig und genau so ein Prozeß wie das Gedichteschreiben.

G. Wo der Hölderlin für einzelne Zeilen nur die Versmaße notierte ...

H. Ich hab grad an Hölderlin gedacht; aber ich kann Ihnen bei *Langsame Heimkehr* versichern, oder eigentlich bei fast jedem Satz, den ich in der Prosa – ich bin ja Prosaschreiber – ... daß das genau der gleiche Fall ist. Und wenn da nicht einmal der Rhythmus sich bildet, also nicht einmal ... Sie haben weder den Gegenstand: Sie haben den Gegenstand verloren ... Sie haben nicht das Inbild – das ist schon einmal die Voraussetzung –, Sie haben das Inbild nicht und können dadurch auch nichts be-denken. Denken allein, das kann ich nicht, also ich bin kein Philosoph und kann also nicht aus dem Denken einen Prozeß machen. Ich kann nicht das Denken in eine Folge bringen, das erscheint mir einfach nicht ... ist auch nicht mein Spiel. Also ich muß etwas be-denken. Hab ich kein Inbild, kann ich nichts bedenken, kommt aus dem Be-denken auch kein Schwingen, kein Rhythmus, also sitz ich da wie ein armer Wicht, na (*lacht*).

G. Was tun Sie dann?

H. Ja, ich versuch mich halt zu beruhigen und zu warten, ich hab da ein gewisses Daseinsvertrauen – aber auch nur ein gewisses; das kommt halt dann immer nah an das Raumverbot.

G. Sie fuchteln dann nicht so mit Zufalls-Sätzen herum, sondern Sie warten, bis sich der ...

H. Ja freilich. Mach ich einen Satz, der nicht weiter ... von dem ich nicht weiß, daß er ein Ereignis ist; wo ich weiß, den tu ich nur ... den formulier ich jetzt so, so aus Panik auch: dann weiß ich, daß ich verloren bin. Denn ich kann den Satz nicht wegtun. Mit diesem Satz bin ich schon in der falschen Richtung, also in der verlogenen Richtung, erlogenen Richtung, die gar nicht stimmt. Ich kann den Satz sozusagen nicht rückgängig machen – vielleicht ist das eine Manie von mir; aber was ich geschrieben hab, das hab ich geschrieben.

G. Etwa den ersten Satz von *Langsame Heimkehr*.

H. Daran muß ich mich halten, ja.

G. Eher hätten Sie das ganze Werk preisgegeben, als diesen ersten Satz ersetzt.

H. Ja sicherlich. Der erste Satz hat es erst ausgelöst. Also ich muß mich daran halten, und ich muß immer an dem vorhergehenden Satz anknüpfen. Und wenn das irgendwie ein Satz ist, der nicht stichhaltig ist, dann gehen alle andern Sätze ... aus ist es.

Ail 59–61

Das furchtbare Problem beim Schreiben von Sorgers Geschichte: da diese vom Fähigwerden, vom Vollkommenen, Reinen handeln soll, muß sie in Konflikt kommen mit der Historie, besonders der des Dritten Reichs, wo diese Dinge wie für immer verschandelt wurden (Macht, Ehe, Liebe, Natur); und das ist es, was mich beim Arbeiten so oft mit Grauen erfüllt (ja): ich werde, schreibend, immer wieder in die Geschichte der Monster gezogen, in die Unterwelt. – Gerade sah ich bei Hieronymus Bosch Bilder Hitlers: einen Bauch mit Ohren, in dem ein Säbel steckte, einen Dämon in einer Kleinkindgehschule – und daneben auch die Darstellung des äußersten Entsetzens: eine Gestalt, die sich die Hände vor das Gesicht hielt, wobei aber ein Auge doch noch offenstand und *sehen mußte* (und im Theater gegenüber fuchtelt und schnarrt wieder ein Schauspieler in der Maske Hitlers herum). – Schatten hoch oben auf der ziehenden Wolke, hebt mich heraus aus der tödlichen Geschichte meiner Vorfahren, und sei es auch nur hin zu Kunstleder!

GdB 128f.

»Wie fröhlich melancholisch diese Dichtung ist!« sagt Flaubert über den Don Quichote (so wünsche ich es auch für Sorgers Geschichte)

GdB 54

Wenn mir Sorgers Geschichte gelingt, werde ich sagen können: »Ich habe das Glück erzwungen« (und ich bin bereit, dann die dümmsten Feste mitzufeiern)

GdB 114

Sorgers Geschichte, so schien es mir gerade, war der letzte Fischzug in Goethes Gewässern: die Unsterblichkeit der Menschheit, als Menschheit, ist nicht mehr denkbar, ist keine Gewißheit mehr hinter all den Ungewißheiten; oder? (Ist Valentin Sorger der letzte umfassend schöne Blick auf die Erde gelungen?)

GdB 136

III
Die Lehre der Sainte-Victoire
1980

Der Sprung des Wolfs

Puyloubier war aber auch der Ort, wo ich das Erlebnis mit »meinem« Hund hatte. Ich kann nicht weiter, ehe ich den nicht los bin.
Bei uns war nie ein Hund im Haus gewesen; nur einmal lief uns einer zu, an dem ich dann sehr hing. Als er in einem Sommer überfahren wurde, dauerte es ein paar Tage, bis wir ihn mit einem kleinen Leiterwagen in ein Nachbardorf zum Abdecker brachten. Das wurde eine längere Expedition, weil wir immer wieder vor dem Gestank wegrennen mußten und schließlich das Gefährt auf dem freien Feld stehenließen. (Es war das einzige Mal, daß ich als Kind etwas wie Verzweiflung spürte.) Später wurde ich in einer Stadt Zeuge, wie eine schwarze Dogge und ein ebensoschwarzer Dobermann von hinten und von vorn über einen weißen Pudel herfielen und ihn entzweirissen.
Einen unüberwindlichen Widerwillen gegen die meisten Hunde aber habe ich erst, seit ich viel zu Fuß gehe. Jetzt muß ich in jeder noch so freien Landschaft mit einer Bestie wie der von Puyloubier rechnen. Die Katzen lauern weltabgekehrt in den Wiesen; die Fische stieben in den Bächen dunkel auseinander; das Hornissengesurr ein bloßes Warngeräusch; die Schmetterlinge, immer wieder, »meine Toten«; die Libellen als Vor-Osterfarben; das Morgenmeer der Vögel, am Abend zurückgezogen in ein Schwirren unten im Farnkraut; die

Schlangen eben Schlangen (oder leere Hauthüllen) – aber im Finstern der bewegungslos stehende Hund, der im Näherkommen ein Zaunpflock ist, und dann doch ein Hund. –

Außerhalb von Puyloubier steht eine Kaserne der Fremdenlegion. Auf dem Rückweg, für den ich einen kleinen Bogen um die Siedlung zog, kam ich daran vorbei. Das Gelände ist eine zubetonierte Fläche, ohne Baum oder Strauch, hoch mit Stacheldraht umgeben. Platz und Gebäude wirkten leer; die Soldaten schienen gerade ausgerückt.

Dennoch hörte ich dann ein metallisches Klirren, wie von einem Laufenden mit gezogener Waffe. Ein Grollen kam dazu, eher ein fernes Raunen im Luftraum, und fast zugleich empfand ich hautnah ein Gebrüll: den bösesten aller Laute, Todes- und Kriegsschrei zugleich, ohne Ansatz das Herz anspringend, das sich in der Phantasie kurz als Katze buckelte. Ende der Farben und Formen in der Landschaft: Nur noch ein Gebißweiß, und dahinter bläuliches Fleischpurpur.

Ja, vor mir, hinter dem Zaun, stand ein großer Hund – eine Doggenart –, in dem ich sofort meinen Feind wiedererkannte. Und schon kamen auch die anderen von überall auf dem Hof herbeigelaufen, mit am Beton kratzenden Krallen; blieben aber im Abstand zu mir und dem ersten, der in Haltung und Stimme der Leithund zu sein schien.

Sein Körper wirkte bunt, während Kopf und Gesicht tiefschwarz waren. »Sieh dir das Böse an«, dachte ich. Der Schädel des Hundes war breit und erschien trotz der hängenden Lefzen verkürzt; die Dreiecksohren gezückt wie kleine Dolche. Ich suchte die Augen und traf auf ein Glimmen. In einer Brüllpause, während er um Atem rang, geschah nur das lautlose Tropfen von Geifer. Dafür bellten die übrigen, was sich freilich eher tempe-

ramentlos und rhetorisch anhörte. Sein Leib war kurzhaarig, glatt und gelbgestromt; der After markiert von einem papierbleichen Kreis; die Rute fahnenlos. Als der böse Lärm wieder einsetzte, verschwand die Landschaft in einem einzigen Strudel aus Bombentrichtern und Granatlöchern.
Im Blick zurück auf den Hund sah ich, daß ich gehaßt wurde. – Doch zu sehen war auch die Qual des Tiers, in dem sich gleichsam etwas Verdammtes umtrieb. Es gab am ganzen Leib keinen Teil, der ruhig halten konnte. Nur einmal, wie von mir gelangweilt, hielt er ein, blinzelte heuchlerisch zur Seite, spielte sogar gönnerisch mit seinen Kumpanen (die er ebensogut hätte totbeißen können) – und sprang im nächsten Moment filmreif den Zaun an, so hoch, daß ich tatsächlich zurückwich.
Danach stand er still drohend und las aufmerksam und lange in meinem Gesicht, doch einzig nach Zeichen der Angst und der Schwäche. Ich begriff: Er meinte gar nicht mich-im-besonderen, sondern sein Blutdurst war hier auf dem Territorium der Fremdenlegion, wo nur mehr das Kriegsrecht galt, auf jeden dressiert, der, unbewaffnet und ohne Uniform, *bloß war, der er war.* (Wenigstens einen müßte es doch geben, der unbewaffnet bliebe, schrieb diesbezüglich einmal solch ein bloßes Ich.) Er, der Wachhund, im Gelände; und ich im Gefilde (für das er naturgemäß keine Augen hatte, weil das Wirkliche für ihn einzig sein Sperrgebiet war); und der Stacheldraht zwischen uns, wie im alten Gedicht, wieder als *ewiger, vermaledeiter, kalter, schwerer Regen,* durch den hindurch ich, geistesgegenwärtig und tagträumend zugleich, den Feind betrachtete, wie er in seiner von dem Getto vielleicht noch verstärkten Mordlust jedes Rassenmerkmal verlor und nur noch im Volk der Henker das Prachtexemplar war.

Ein Weg mit dem Großvater fiel mir da ein, wo er mir gezeigt hatte, wie man sich beim Gehen im Freien die Hunde vom Leib hält: auch wenn kein Stein zur Hand war, bückte er sich wie nach einem, und jedesmal wichen die Tiere dann tatsächlich zurück. Einem warf er sogar einmal Erde ins Maul; und der Hund schluckte sie und ließ uns vorbei.
Ähnliches versuchte ich mit der Dogge von Puyloubier, die darauf aber nur aus einem vervielfachten Maul zurückbrüllte. Beim Bücken war mir eine gelbe Pariser Métrofahrkarte, gebraucht und auf der Rückseite mit Notizen bedeckt, aus dem Rock gefallen: diese warf ich jetzt, in einem Moment des Übermuts, durch den Zaun – und der Hund verwandelte sich auf der Stelle in einen Marder, die bekanntlich Allesfresser sind, und schlang mein Papier hinunter: die Gier und zugleich die Unlust in Person.
Im Phantasiebild fielen sofort die Würmer, die in seinem Innern von ihm lebten, in einem finsteren Nachgetümmel über den Fahrschein her – und schon schied die Dogge auch tatsächlich ein verdrehtes, wie ihre Dolchohren spitzes Türmchen aus; worauf ich erst bemerkte, daß sie rundum auf dem Beton mit vergleichbaren, vertrockneten und ausgebleichten Gebilden, die auch in Häufen gesammelt erschienen (insgesamt eine großspurige Krakelschrift), sich sozusagen einen öffentlichen Machtbereich abgesteckt hatte.
Undenkbar, vor solch bewußtlosem Willen zum Bösen, ein gutes Zureden (überhaupt jedes Reden); so hockte ich mich entschlossen hin, und die Dogge der Fremdenlegion verstummte. (Es war eher ein bloßes Stutzen.) Dann kamen unsere Gesichter einander ganz nah und verschwanden wie in einer gemeinsamen Wolke. Der Blick des Hundes verlor sein Glimmen, und der

dunkle Kopf nahm ein zusätzliches Florschwarz an. Unsere Augen trafen sich – jedoch nur ein einzelnes Auge das andere: einäugig, sah ich ihm in das eine Auge; und dann wußten wir voneinander, wer wir waren, und konnten nur noch auf ewig Todfeinde sein; und zugleich erkannte ich, daß das Tier schon seit langem wahnsinnig war.

Der nächste Laut des Hundes war kein Gebell, sondern ein inständiges Hecheln, das immer heftiger wurde und schließlich wie das Geräusch von ihm gerade anwachsenden Flügeln war, mit denen er gleich über den Zaun setzen würde; begleitet von einem allgemeinen Geheul der Meute, das nicht mehr mir allein galt, sondern dem Weiß der Bergkette dahinter, oder allem jenseits des Tierbereichs: ja, jetzt trachtete er mir nach dem Leben; und auch ich wollte mit einem Machtwort ihn tot und weg haben.

Sprachlos vor Haß verließ ich das Terrain; und zugleich schuldbewußt: »Für das, was ich vorhabe, darf ich nicht hassen.« Vergessen die Dankbarkeit über den bisherigen Weg; die Schönheit des Berges wurde nichtig; nur noch das Böse war wirklich.

Stumm, wie ich war, fiel mir auch das Gehen sehr schwer. Der Feind zuckte in mir weiter und stank dann schon. In der Natur nichts Erkennbares, vor allem nichts Benennbares mehr – und für mein fassungsloses, gleichsam kriegsmäßiges Starren fällt mir jetzt das in Frankreich gebräuchliche deutsche Lehnwort »Was-ist-das« ein: es soll von den preußischen Besatzern 1871 stammen, und bezeichnet die den Eindringlingen damals wohl ganz fremden Oberlichtfenster in manchen Pariser Dachwohnungen.

Außerhalb von Puyloubier, schon Richtung westwärts, setzte ich mich in einen grasbewachsenen Hohlweg, der durch einen Weinberg führte, und ließ mich von der Sonne bescheinen. Wohl auch müde von dem vielen Gehen, schlief ich kurz ein. Ich träumte von dem Hund, der sich in ein Schwein verwandelte. So, hell, fest und rundlich, war er keine Spottgeburt eines Menschen mehr, sondern ein Tier, wie es sein sollte; und ich gewann es lieb und tätschelte es – erwachte jedoch unversöhnt, und, nach dem Worte des Philosophen, »durch erkennende Orgien gereinigt für die heilig seienden Werke«.

Am noch taghellen Himmel ging der Mond auf. Ich konnte mir darauf das »Meer des Schweigens« vorstellen, und Flauberts »Besänftigung« zog in mein Herz. Im lehmigen Hohlweg roch es erfrischend nach Regen. Neu sah ich das Weiß einer Birke. Alle Zeilen im Weinberg waren unbestimmt weiterführende Wege. Die Rebstöcke standen als Leuchter der Ruhe; der Mond als altes Zeichen der Phantasie.

Ich ging mit der letzten Sonne, im belebenden Gegenwind; das Blau des Berges, das Braun der Wälder und das Karminrot der Mergelböschungen als meine Farbenbahnen. Zwischendurch lief ich auch. Einmal, auf der Brücke über eine kleine Schlucht, tat ich sogar einen Sprung, ziemlich hoch und weit, stieß ein schurkisches Lachen aus und gab der Stelle den Namen *Sprung des Wolfs* (»saut du loup«); und ging dann ruhig weiter, nur noch in der Vorfreude auf Speisen und Wein in Aix.

Als ich spätabends dort ankam, sah ich auf den Kopfsteinresten des Cours Mirabeau Krebse steigen, und einen blauen Luftballon im Nachtwind als Zigarettenrauch, und dachte in der Müdigkeit nicht viel mehr als »Langer-Tag-Blues«.

Der Maulbeerenweg

Ich blieb noch ein paar Tage in der Provence. Manchmal, zu viel allein, verlor ich den Humor, und die Farben blichen aus: Fahlheit und Unförmigkeit (immer wieder beim Abwärtsgehen). Eines Nachts kam ein Mann quer über die Straße auf mich zu und sagte: »Ich töte dich.« Ich schaute auf seine Hände, die leer waren. »Nein, nicht mit dem Messer.« Es gelang mir, seinen Blick zu finden, und wir gingen einen kurzen Weg als falsche Kumpane.

In Cézannes Atelier, am *Chemin des Lauves,* waren seine Dinge zu Reliquien geworden. Neben den verschrumpelten Früchten auf der Fensterbank hing der dicke schwarze Rock meines Großvaters, sorgfältig über dem Bügel. Im Café am Cours Mirabeau traf ich die *Kartenspieler;* sie hatten ihr Spieltuch über den Tisch gebreitet und waren anders als auf den Bildern: rotwangig, gesprächig, kaum je im Spiel innehaltend, und doch genauso (mit stetig aufs Blatt gesenkten Lidern). Ich saß daneben, las Balzacs Erzählung *Le chef-d'œuvre inconnu* von dem scheiternden Maler Frenhofer, in dessen Verlangen nach dem vollkommenen-wirklichen Bild Cézanne sich wiedererkannte, und entdeckte, wie das Französische (als Kultur) mir eine – doch immer wieder entbehrte – zuständige Heimat geworden war. Der *Jas de Bouffan* (»das Haus des Windes«), einmal der Landsitz der Familie, auch ein Arbeitsplatz und Motiv des Malers, grenzt inzwischen an die Autobahn nach Marseille; dahinter ein Neubaubezirk des gleichen Namens. »Réussir votre isolation«, steht dort auf einer Reklametafel für Hausabdichtung. Aber das »Omniprix« eines Supermarkts las ich dann als das *Omnipotens* aus einem Brief Cézannes.

Einmal verirrte ich mich draußen in der Macchia und

fand mich jäh vor einem Stausee, der blau und leer, mit heftigen Wellen, über die gerade ein Schwarm verwelkter Blätter hinflog, wie ein nördlicher Fjord tief unten lag. Ein Windstoß schlug in einen Baum ein wie eine Bombe, und ein Macchiabusch glänzte wie von wimmelnden Ameisen. Trotzdem empfand ich mich immer wieder von der Schönheit umgeben, so heftig, daß ich meinerseits jemanden umarmen wollte.

Am letzten Tag endlich war es beschlossen, auf den Berg zu steigen, den ich bis dahin nur unten umkreist hatte. Der Ausgangspunkt war *Vauvenargues,* ein Taldorf in der Nordsynklinale zu dem Bergkamm, wo der Philosoph dieses Namens die Bemerkung gemacht hat: »Erst die Leidenschaften haben den Menschen die Vernunft beigebracht.«

Der Weg zum Kamm, wo die verlassene Mönchskapelle steht, war lang, aber nicht beschwerlich. (Ich hatte mir gegen den Durst Äpfel eingesteckt.) Oben saß ich bei starkem Wind in der Felsbresche, die ich von unten als den »idealen Paß« gesehen hatte, sah weit im Süden das Meer, nördlich den grauen Rücken des Mont Ventoux, und im Nordosten, ganz hinten, die Gipfelflur der Alpen: »wirklich ganz weiß« (wie jemand einmal die weißen Hyazinthen genannt hat). Der einstige *Garten der Mönche* war zum Schutz gegen den Wind wie eine Doline tief in den Fels eingelassen; in der Höhe darüber das Sausen von Schwalbenflügeln (das dann beim Rückweg mit einem Spinnennetzschaukeln unbestimmt wiederkehrte). Weiter oben am Kamm, kaum unterschieden von den Felsblöcken, eine winzige steinerne Militärhütte, mit zwei gebückt aus- und eingehenden Soldaten als Posten, und einem weithin krachenden Sprechfunkgerät.

Es war aber nicht erst die Kriegseinrichtung, die die Bergeshöhe so unwirklich machte, oder der nah vor Augen

eher stumpfgraue Kalkstein. Es gab kein Gipfelerlebnis; – und ein berühmter Bergsteiger fiel mir ein, der, für seine Ekstase auf dem höchsten Punkt der Erde, dann im Buch dazu die Wahrnehmungen eines anderen (keines Bergsteigers) verwendete, die dieser beim Dahingehen in fast ebenen Vorstadtstraßen notiert hatte, kaum hundert Meter über dem Meer. So stieg ich bald westwärts ab und freute mich auf die Hochflächen, Täler und die provençalischen Straßen, an denen Cézanne einmal lobte, daß es Römerstraßen seien: »Die Wege der Römer sind immer bewundernswert angelegt. Sie hatten einen Sinn für die Landschaft. Von allen Punkten gibt es ein Bild.« (Auch ein Grund, eher auf befahrenen Straßen zu gehen, als abgedrängt auf den sogenannten Wanderwegen.)
Als ich mich dann von der ersten Hochfläche nach dem Berg umschaute, glänzten seine Flanken schon wieder festlich (eine Stelle leuchtete geradezu, wie von einer Marmorader); und beim nächsten Blick zurück, tief unten in einem Pinienwald, schien seine Helligkeit durch die Baumspitzen wie ein dort hängendes Brautkleid. Im Weitergehen warf ich einen Apfel auf, der sich in der Luft drehte und meinen Pfad mit dem Wald und den Felsen verband.

Von jenem Weg leite ich auch das Recht ab, eine »Lehre der Sainte-Victoire« zu schreiben.
Ich war ja im Reich des großen Malers von Tag zu Tag unsichtbarer geworden – wie mir selber so auch den anderen; und die fremde Gesellschaft half, indem sie mich freundlich übersah. Es war mit der Zeit, als könnte ich von Fall zu Fall sogar bestimmen, »der Unsichtbare« zu sein. Nicht etwa verschwunden oder aufgegangen in der Landschaft kam ich mir vor, sondern in deren Gegenständen (den Gegenständen Cézannes) gut verborgen.

Sollte es nicht seit je so sein, und gab es nicht schon in der Kindheit etwas, das für mich, wie später L'Estaque der *Ort*, das *Ding* der Verborgenheit war? Cézanne hat mit diesem Ding nichts zu tun (wohl aber ein anderer Maler). Es ist mir bedeutungsvoll geworden durch eine Heiligenlegende (in der es überhaupt nicht erwähnt wird).

Das Ding ist ein »Holzstoß«; die Legende ist die Geschichte vom heiligen Alexius unter der Stiege; und »der andere Maler« ist ein im Elend gestorbener, heute berühmter georgischer Bauernmaler aus der Zeit des letzten Zaren, mit Namen Pirosmani. – Ein Zusammenhang ist da, nicht erklärbar, doch zu erzählen.

Im Großelternhaus gab es eine hölzerne Stiege, unter der sich eine fensterlose Kammer befand. In diesem Raum »unter der Stiege« lag damals für mich der heilige Alexius, unerkannt aus der Fremde zurückgekehrt, in triumphalen Schauern der Verborgenheit (die meine eigenen waren). – An anderen Gebäuden des Dorfes sah ich dann außen ähnliche Stiegen, darunter die Bretterverschläge für die Arbeitsgeräte, oder eben die dichtgeschichteten Holzstöße. – Viel später kam eine Phantasie, daß meine Vorfahren, von denen ich doch fast nichts wußte, aus »Georgien« stammten; und wie ich auf Cape Cod an der Küste Neu-Englands das Haus für den Mann der noch zu schreibenden Geschichte gefunden hatte, so hoffte ich nun, im Osten etwas von seinem Ursprung zu erfahren – und mein Anhaltspunkt wurden dabei die Bilder Pirosmanis, die immer auch dessen eigenes Leben miterzählten: der georgische Maler war viel im Land herumgezogen, hatte seinen Unterhalt vor allem mit dem Anfertigen von Wirtshausschildern verdient und die letzte Zeit seines Lebens »unerkannt« in einem Holzverschlag verbracht, der sich in meiner Vorstellung »unter einer Stiege« befindet ... – Und (sich schließender Kreis?) ein Wunschbild von mir, als dem Schriftsteller, wurde es dann einmal, mit meinem Geschriebenen für jemand anderen (der auch immer wieder ich selber sein konnte) ein Bohlenweg zu sein, oder eben ein heller, gleichmäßiger, dichtgefügter »Holzstoß«.

Das »Recht zu schreiben« – für jede Arbeit neu benötigt – kündigte sich auf jenem Abstieg von der Sainte-Victoire schon an, als es mir einmal gelang, mich selber zu kritisieren (statt daß ich, wie üblich beim Abwärtsgehen, in mich selber versank und humorlos wurde). Vor einem schimmernden Wiesenstück, wo ich sofort »Paradiesgarten« dachte und mir sogar die Maulwurfshügel zunächst »wie in Fernbläue« erschienen, stellte ich mich selber zur Rede: »Denk nicht immer Himmelsvergleiche bei der Schönheit – sondern sieh die Erde. Sprich von der Erde, oder bloß von dem Fleck hier. *Nenn* ihn, mit seinen Farben.«

Ich ging dann bewußt langsam weiter, fast immer mit gesenktem Kopf, jede gesuchte Ferne vermeidend. – In der Dämmerung blickte ich, nur aus den Augenwinkeln, in einen Seitenweg hinein. – Ich weiß jetzt nicht mehr, ob ich überhaupt stehengeblieben bin; ich bin wohl ohne anzuhalten weiter; doch im Zustand der Ruhe und Freude; neu durchdrungen von meinem guten Recht, zu schreiben; neu überzeugt von Schrift und Erzählung.

Warum sage ich: *Recht,* zu schreiben? – Es kam da zu dem Augenblick unbestimmter Liebe, ohne den es rechtens kein Schreiben gibt. – In der Tiefe des Seitenwegs sah ich nämlich einen Maulbeerbaum (eigentlich nur die rötlichen Fruchtsaftflecken im hellen Wegstaub) in frischer, leuchtender Einheit mit dem Saftrot der Maulbeeren vom Sommer 1971 in Jugoslawien, wo ich mir erstmals eine vernünftige Freude hatte denken können; und etwas, der Anblick?, meine Augen?, dunkelte – wobei zugleich jede Einzelheit rund und klar erschien; dazu ein Schweigen, mit dem das gewöhnliche Ich rein Niemand wurde und ich, mit einem Ruck der Verwandlung, mehr als bloß unsichtbar: *der Schriftsteller*.

Ja: dieser dämmernde Seitenweg gehörte jetzt mir und wurde nennbar. Mit den Maulbeerenflecken im Staub vereinte der Augenblick der Phantasie (in dem allein ich ganz und mir wirklich bin und die Wahrheit weiß) nicht bloß die eigenen Lebensbruchstücke in Unschuld, sondern eröffnete mir auch neu meine Verwandtschaft mit anderen, unbekannten Leben, und wirkte so als unbestimmte Liebe, mit der Lust, diese, in einer treuestiftenden Form!, weiterzugeben, als berechtigten Vorschlag, für den Zusammenhalt meines nie bestimmbaren, verborgenen Volkes, als unsere gemeinsame Daseinsform: erleichternder, erheiternder, verwegener Sollensmoment des Schreibens; bei dem ich ruhig wurde wie »bei der Idee eines Schiffs«. – Doch gleich kam auch wieder die übliche Qual, oder Quälerei (die freilich ein Gegenteil ist von Verzweiflung): »Aber was ist die Form? Was hat der Unschuldige, der ich hier bin (nicht gut fühle ich mich, nur eben schuldlos), überhaupt zu erzählen? Und wer ist der Held einer solchen Erzählung?« (Denn wer sonst, unbestimmbare Leser, als der Gegenstand eines Bildes oder der Held einer Geschichte hat euch je im Leben einen Vorschlag gemacht?)

Ein Auto hielt, ein kleiner stiller Hund auf dem Rücksitz, und nahm mich mit in die Stadt, wo ich mit einem heißen Entschluß ankam; jener entstofflichten und doch materiellen Sprache auf der Spur, mit der ich hoffte, von der noch ausständigen Rückkehr des Mannes mit den gekreuzten Armen weiterzuerzählen. Nein, es war nicht die Qual; es war die Arbeit.

L S-V 43–58

G. Und wie sieht es dann aus etwa mit dem Maulbeerweg in der *Sainte-Victoire*? Das ist ja auch so ein verklammerndes Motiv im Text, und für Sie wars eine wiederholende Erfahrung?
H. Doch, das war halt wirklich eine leibhaftige Erfahrung. *Diese* Erfahrung hat mich eigentlich erst dazu gebracht, die *Sainte-Victoire* zu schreiben, die Geschichte davon aufzuzeichnen. Ich weiß eben, dieser Moment vor vielen Jahren unter einem Maulbeerbaum, erst mal einverstanden zu sein mit dem Dasein, und dann, viele Jahre später, in einer Zeit des Sich-selbst-Befragens dann die Wiederholung dieser dunklen Maulbeerflecken in einer ganz andern Gegend der Erde hat mir so … hm … mir meinen Sinn wiedergegeben. Also der Sinn überhaupt zu schreiben und ob ich noch weiterschreiben sollte oder könnte, der war zu der Zeit, als ich durch die Provence ging, mir nicht grade entschwunden, aber er stand richtig auf dem Spiel. Und dann die Wiederholung dieser Maulbeerfarben, die für mich, ohne daß ichs wußte, seit jeher Freude, also das Einverständnis mit dem Auf-der-Welt-Sein, bedeutet haben, hat mich sozusagen ganz wieder in mich einrasten lassen. Ich konnte mir vorstellen – gewiß konnte ich ja nie sein –, weiterzutun mit dem Spiel, mit dem ich angefangen habe, das heißt, mit dem Schreiben.
G. Und das Einrasten bei Ihnen, das gibt dann auch dem Text Sinn, nämlich Form.
H. Das teilt sich ja mit, das teilt sich ja immer mit. Es ist nur dann die Gefahr, daß mans im Schreiben durch Voreiligkeit verraten kann und dann selber auch zerstört, das ist immer die Gefahr.
G. Aber Sie setzen sich ja auch bewußt zur Wehr gegen jeden Sinn, der sich einstellt; indem Sie sich gegen solche Motive wehren, setzen Sie den Sinn immer wieder aufs Spiel – um sich nicht verengen zu lassen, fixieren zu lassen.

H. Ja das, was Sie mir vorhalten oder zumindest …
G. Ich halts nicht vor.
H. … womit Sie mich beschreiben, das ist immer Ausweichen: dieses Ausweichen oder Sich-nicht-fassen-lassen. Das ist die mir selbstverständliche Bewegung, die ich vom Alltagsleben und auch von den Konflikten auf das Schreiben übertrage. Also wenn etwas droht, endgültig, oder Ziel – weniger Sinn als Ziel, Zielbild – zu werden, dann ist es mir ganz klar und der Impuls entsteht in mir, jetzt ordentlich auszuweichen. Es hat mir einmal jemand, der meine Sachen lange, im guten Sinn, verfolgt hat, geschrieben, ja, *Die Lehre der Sainte-Victoire* habe er gelesen mit dem Gefühl, ich sei nun endlich angekommen, und der hat das wahrscheinlich positiv gemeint; ich hab aber eigentlich das Gegenteil dann gespürt. Denn es trifft einfach nicht zu und es ist nicht der Fall, daß überhaupt irgendwo jemand ankommt – es sei denn in einem lieben Schweigen.
G. Es kann aber schon so wirken, weils ja die Summe zieht und rückblickend auch die durchstandenen Krisen, das vorangegangene Werk …
H. Es kann wohl so wirken, aber ich habs nicht so erlebt. Aber ich erlebs natürlich auch jetzt nicht so. Ah: »Es strahlt die Ruhe des Angekommen-Seins aus«, so, genau, hat er mir geschrieben, und das empfand ich als Vorwurf. Also das ist jetzt nicht, daß ich mich jetzt damit aufspiele.
G. Weil Sie mit Angekommensein Stagnation verbinden?
H. Nein, nicht einmal, daß man das so negativ sieht, als Stagnation, sondern weil ich mir ein Angekommensein überhaupt nicht denken kann. Was das *ist*.
G. Also müßte nach all dem jemand, der über Ihre Werke schreibt oder schriftlich über sein Verständnis sich versucht Rechenschaft zu geben … der dürfte eigentlich auch nie zu einer geschlossenen Form kommen, sondern müßte … ja, fast fragmentarisch müßte das bleiben.

H. Da kann man nur antworten: so ist es. – Aber man kann das natürlich auch nicht verlangen; weil ich mich ja selber überhaupt nicht in einer beschreibbaren Position weiß, kann man nicht verlangen, daß man sich auf mich einläßt. Aber vorstellen kann ich mir, wie ich Ihnen gesagt hab, schon ab und zu, daß es für diesen und jenen Wissenschaftler oder besser gesagt Forscher Ergebnisse für ihn selber, auch für seine Arbeit, brächte, sich damit zu beschäftigen.

Ail 255–257

Die schärfste Kritik an etwas von mir Geschriebenen war jener Leser-Satz: »… strahlt die Ruhe des Angekommen-Seins aus …« (und der Satz war außerdem falsch)

PhW 16

Schreibend, bleib immer im Bild. Wenn du dich von den Wörtern davon wegführen läßt, ist es ganz natürlich, daß diese dir wie modrige Pilze im Mund zerfallen (es sei denn, du bist ein bummelwitziger, pedantischer oder wortfallenstellender moderner Texter und montierst, haspelst, permutierst, tüftelst an einem zweiten, noch monströseren Ulysses oder Mann ohne Eigenschaften); kehr, sowie du die Gefahr merkst (sie besteht bei jedem Satz), sofort zurück zum Bild (zum Inbild), und schreibe (im Bild); »Heraus aus der Sprache!« Erst so wird die Literatur wieder neu anfangen können

GdB 94

Gerade habe ich »Die Lehre der Sainte-Victoire« beendet; und ich sitze auf dem Baumstrunk draußen in der Sonne, die Katze in einigem Abstand daneben. Wie schön unauffällig sie mir Gesellschaft leistet! Ich blicke ins Innere einer Lilie und höre das erste Gesirr der frisch geschlüpften Wespen, und eine Amsel springt aus dem tiefen Gras wie ein Delphin. Das Wort »Wonne« fehlt noch in der Geschichte! Die nicht Geist werden, sind insgeheim wahnsinnig. Und doch habe ich mich nicht in Ruhe gedacht: dazu gehörte auch die Liebe; und so möchte ich als nächstes ein Werk der Liebe schreiben. Das heißt: ich will die neue Verwandlung, damit »der Gott in mir« nicht »arm und verlassen« bleibt!

GdB 213

IV
Kindergeschichte
1981

Es war, als sei durch die Ankunft des Kindes eine Verhandlung eröffnet worden, die schon bald von dem Mann seine Entscheidung verlangte. Wie üblich brauchte er lange bis zu einem Entschluß, aber als es dann, im folgenden Winter, endlich dazu kam, war das wieder, wie je, zugleich ein zwingender Vorschlag: sie würden also zu dritt für eine Zeitlang weg, in ein anderes Land, gehen; und bei dieser Vorstellung erschaut der Mann sich mit der Frau und dem Kind einmal als eine Familie (die doch für ihn sonst »des Teufels« war).

Glorreicher Tag im März, als das weiße Email einer leeren Küche von der Stadt der Sehnsucht widerscheint, die vor dem Fenster weithin die vielbesungenen Dachflächen ausbreitet. Die neuartigen Metallstifte an den Lichtschaltern blinken, und die mitgebrachten Elektrogeräte brummen wirkungslos unter der für sie zu schwachen Stromspannung. Es war nicht bloß ein Umzug, sondern ein wie endgültiges Auswandern an den, auch für das Kind, einzig richtigen Ort. An dem Tisch vor der Balkontür wird es wie noch nirgendswo Abend und Morgen, und sie sitzen darin ein wenig bang, aber festumrissen bei ihren ersten gemeinsamen Mahlzeiten und haben ein neues Leben angefangen.

Dabei erwies sich die Stadt als ganz verschieden von der Metropole, wie sie sich auf den kurzen Besuchen davor gezeigt hatte. Statt wie erhofft sich auszudehnen mit den Legionen von Kinos, Cafés und Boulevards, blieb sie auf einen Kreis aus Apotheken, Selbstbedienungsläden und Waschautomatensalons beschränkt, der kleiner war als je ein Kreis zuvor. Die weiten freien Plätze der ganzen Stadt waren ersetzt durch die engen, von Baumkronen und Häuserfronten beschatteten Squares des Wohnsitzviertels, die, auf den täglichen Ausgängen mit dem Kind auf dem Arm, immerfort von den schweren Eisengattern knallen und mit der Zeit ein besonderes Weichbild aus sandigen, staubigen, von Hundedreck gesprenkelten Erdflächen vorstellen. Die einzigen entfernteren Ziele sind nun die nur mit langen Métrofahrten zu erreichenden Parkwälder im Stadtosten und -westen; und jener eine Square, wo nicht bloß Bänke, sondern auch Buden und Karussells stehen. Dieser befindet sich tief in einem anderen Viertel, schon jenseits des inneren Boulevardrings, und von der Wohnung aus ist es zu Fuß hin und zurück jeweils ein Nachmittagsweg, durch eine Vielfalt von meist schmalen Straßen, mit einem jähen Wechsel von Stille und Krach, Düsternis und Grauglanz, Regenschauer und schon wieder Trockenheit (der Ozean ist nicht fern). Auch eine lange Brücke wird dabei überquert, schluchttief unten gleichsam ein Hundert von Eisenbahnschienen, die aus dem nahen Großbahnhof in eine mächtige, lufterfüllte Schneise wegführen, zwischen zwei Häusersteilufer der Horizontbogen eingesenkt, mit seinen Wirbeln und Schwaden und dem Fernzuggebrause eine Vorwegnahme des Atlantiks dahinter. In der fast täglichen Wiederholung dieses Wegs hörte das Kind auf, eine Traglast zu sein, und verwandelte sich in einen Körperteil des Trägers; und jener *Square des Batignolles* wurde im Lauf der Nachmittage ein Ortsname, der, allein als Name, dem Erwachsenen für einen ewigen Moment mit dem Kind steht.

An einem Frühlingsabend erblickt er es dort – im Inbild »dort *oben*« – an einer Sandstelle. Es spielt für sich in einer Schar etwa Gleichaltriger, die wie es noch nicht gehen können. Dämmerungsstimmung, auch von dem Laubdach über den Kindern; eine laue und klare Luft, einzelne Gesichter und Hände darin besonders hell. Er beugt sich zu der Gestalt im roten Gewand. Sie erkennt ihn, und ohne daß sie lächelt, geht ein Glanz von ihr aus. Sie ist zwar nicht ungern unter den andern, aber sie gehört zu ihm und hat ihn längst erwartet. Jetzt erscheint dem Erwachsenen wieder, noch stärker als bei der Geburt, hinter den babyhaften Zügen das erleuchtete allwissende Antlitz, und er empfängt aus den ruhigen, alterslosen Augen kurz und für immer den Freundschaftsblick; etwas zum Beiseitegehen und Weinen.

Später im Frühling saß das Kind da allein auf einem Karussellpferd. Der Platz wirkt an seinen Rändern schaumweiß wie eine Klippe; es hat gerade erst zu regnen aufgehört. Ein erster Ruck geht durch das anfahrende Ringelspiel, und das Kind, in einer neuartigen Entferntheit von dem Erwachsenen, schaut kurz auf, vergißt sich aber sofort in der Kreisfahrt und hat dann keine Augen für etwas anderes mehr. Der Mann erinnerte sich dazu später an einen Moment aus seiner eigenen Kindheit, als er einmal seine Mutter, obwohl mit ihr doch im selben kleinen Zimmer, in einem herzzerreißenden, wie zum Himmel schreienden Abstand von sich empfand: Wie kann diese Frau dort jemand anderer sein als Ich hier? Der Blick auf das Karussell mit der versunken kreisenden Gestalt ist jetzt der zugehörige Gegensatz: Dem Erwachsenen zeigt sich sein Angehöriger erstmals als jemand Selbständiger, unabhängig von dem da stehenden Elternteil – und soll in solcher Freiheit auch bestärkt werden! Der trennende Raum zwischen den beiden strahlt sogar als etwas Triumphales, und der Mann sieht sich und die kleine Reiterfigur dort als eine Beispielgruppe, hinter der jetzt mit Macht die

künstliche Kaskade des Square aufrauscht. Das Wünschen wird möglich; zugleich damit ein Bewußtsein der Befristung, das aber anders schmerzlich ist als einst das Nichtdenkenkönnen der Verschiedenheit.
Im folgenden Herbst, als das Kind dann gehfähig war, fuhren sie zu zweit oft zum Stadtrand hinaus. Es saß bewegungslos in der Untergrundbahn, mit dunklen, bei der Einfahrt in die Stationen kurz blinzelnden Augen. An einem warmen Oktobertag lag der Erwachsene lesend draußen im Gras eines schütteren Parkwalds, in den Augenwinkeln das Kind als Nahfarbe, welche ihm dann einmal aus dem Blickfeld gerät und nicht wiederkommt. Als er aufschaut, sieht er es schon weit weg zwischen den Bäumen gehen. Er läuft ihm sofort nach, ruft es dann aber nicht, sondern folgt ihm in einiger Entfernung. Es geht stetig geradeaus, auch wenn da kein Weg ist. Zwischen den beiden kreuzen immer wieder Spaziergänger mit Hunden, von denen einer im Vorbeirennen einmal das Kind umstößt. Es steht gleich auf und geht, ohne einen Blick für das Tier, in seiner Richtung weiter. An einem Rinnsal, dessen kaum fließendes Wasser schwarz von hineingewehten Blättern ist, paaren sich gerade zwei Truthähne, deren männlicher Teil danach zur Seite torkelt, einknickt und zu Boden fällt. Das Kind hört nicht auf zu gehen; es wird weder schneller noch langsamer; schaut sich auch keinmal um, wendet nicht einmal den Kopf, und scheint auch nicht müde zu werden, wie doch sonst oft schon nach ein paar Schritten. Die beiden durchqueren, immer im alten Abstand, einen kleinen Auenstreifen, wo schon ein Wind von dem nahen Fluß zu spüren ist. (Viel später erzählte das Kind dem Erwachsenen, daß es bei »Auen« ans »Paradies« denke.) Hier liegt unter dem Laub viel morsches Holz, und das Kind gerät dabei hin und wieder ins Stolpern, kommt aber nicht aus seiner Richtung. Es sind

eine Menge Leute in dem Park, die jedoch sämtlich einen anderen Weg zu nehmen scheinen; von den Tribünen einer nahen Pferderennbahn das Anfeuerungsgeschrei der Zielkurve. Dem Erwachsenen ist es, als seien sie beide zu Riesen geworden, mit Kopf und Schultern baumwipfelhoch über dem Erdboden, und zugleich den Entgegenkommenden unsichtbar: Sie stellen die Fabelwesen dar, die er sich zeitlebens als die wirklichen Mächte gedacht hat, hinter, über und zwischen den menschlichen Sinnestatsachen. Angesichts des Flusses bleibt das Kind stehen und legt die Hände am Rücken ineinander. Unweit an der Grasböschung sitzen ein anderer Erwachsener und ein anderes Kind, wie ihre Stellvertreter oder Doppelgänger; beide eisessend; und das Flußwasser strömt an den leuchtenden Eiskugeln und Halslinien entlang, die davon schimmern. Halb in den Fluß versunken, die hölzerne Kabinenreihe einer aufgelassenen Badeanstalt. Jenseits des Wassers, gegen Westen, die dichtbebaute Hügelkette, wo auf mittlerer Höhe die unaufhörlichen Vorortzüge orange-weiß-violett dahinwischen. Der Sonnenuntergangshimmel ist silbrig, einzelne Blätter und auch ein ganzer Zweig sind weit ins Leere hinaufgewirbelt. Die Uferbüsche unten wehen jetzt in einer wunderbaren Übereinstimmung mit dem kurzen Kinder-Haar im Vordergrund. Der Augenzeuge fleht einen Segen auf dieses Bild herab und bleibt zugleich nüchtern. Er weiß, daß in jedem mystischen Augenblick ein allgemeines Gesetz beschlossen ist, dessen Form er zum Vorschein bringen soll und das nur in seiner gemäßen Form verbindlich wird; und er weiß auch, daß, die Formenfolge eines solchen Augenblicks freizudenken, das schwierigste Menschenwerk überhaupt ist. – Er hatte dann das Kind angerufen, das sich ohne Überraschung nach ihm umdrehte, wie nach dem für es zuständigen Leibwächter.

In all dieser Zeit blieb der Umgang zwischen ihm und der Frau bestenfalls sachlich, und in Gedanken waren sie oft nur noch »der« und »die« füreinander. Früher, bei der distanzierten Betrachtung ihrer Tätigkeit, oder auf Reisen, oder auch nur in einem noblen Restaurant, ging doch immer wieder der Glanz einer Unberührbarkeit von ihr aus, der dem Mann eine Frau erst zu dem ersehnten Leitbild machte; durch den allein er sie als »seine Frau« sehen konnte; und für den er sie dann, wie nur je ein Auserwählter, begeistert und dankbar verehrte. Jetzt, mit dem Kleinkind, begegnete sie ihm fast ausschließlich in der Beengtheit des Haushalts, wo ihm ihr Anblick gleichgültig wurde und mit der Zeit sogar mißfiel – wie wohl auch er, der sich kaum mehr wie zuvor als »ihr Held« bei seiner einzigartigen Arbeit zeigte, aufhörte, für sie jemand Besonderer zu sein; nicht einmal auf die Entfernung, am Telefon, ein Ton des Erkennens oder gar der Erwartung: als sei der andere nur noch da wie »der, der immer wieder hier anruft«. Es war auch nachlässig von dem Mann, wie er die freundlichsten, innigsten und geheimsten der stummen Gesten und kleinen Zurufe, wie sie im Lauf der Jahre zu stehenden Wendungen im Umgang mit der Frau geworden waren, anstands- und bedenkenlos auf sein Kind übertrug und sie im nachhinein derart entwertete. Es war fast, als sei das Kind erst das Richtige für ihn, und als brauchte er nun überhaupt keine Frau mehr. Es kam ihm sogar vor, er hätte das Kind der Frau bloß »aufgezwungen« – und das sei aber sein »Glück«. (Viele der heutigen »jungen Mütter«, die er sah, erschienen ihm ohnedies »scheinheilig«; oft sogar als mögliche »Halsdurchschneider«.)
Trotzdem konnte er sich nicht denken, mit dem hilflosen Wesen allein, ohne die Frau, zu sein. In ihrer Abwesenheit sprang er gleichsam nur ein, war ein eher unge-

schickter Betreuer und zählte die Tage, bis sie wieder ihre Sorgepflicht übernähme. Er seinerseits sorgte sich wie je um sie: das Beschützen war ihm ernst; ohne ihn würde sie verlorengehen.
Was seine Arbeit in jenem Jahr betraf, so schob er das Große, das ihm vorschwebte, einstweilen auf, ohne daß er es naturgemäß auch nur einen Tag aus den Augen ließ. Die kleineren Dinge, die ihm möglich waren, genügten ihm zunächst ganz: auch sie trugen doch alle sein Zeichen.

K 25–36

H. [...] Mein Problem bei *Kindergeschichte* waren nicht die Invektiven – die haben mir ein Ergötzen bereitet –; mein Problem war das Erzählen über Jahre. Ich hab das noch nie gemacht, ich hab immer vom Tag zum Abend, vom Abend in die Nacht, von der Nacht in den Morgen ... im *Tormann,* im *Kurzen Brief zum langen Abschied,* in der *Stunde der wahren Empfindung,* hab ich immer Tag um Tag erzählt, und kam mir immer eigentlich als ein kleiner Betrüger vor, wenn ich einen Sprung gemacht hab, also »ein paar Tage später« zu schreiben, verstehen Sie? Und bei *Kindergeschichte* war das Problem: Ich hatte zehn Jahre zu erzählen. Wie mach ich das – das hat mich ans Scheitern gebracht –, ohne daß ich eine Abhandlung schreibe und ohne daß ich sag: »im Jahr neunzehnhundertsoundso« und ohne daß ich anhand von konkreten Gegenständen die Erzählung schreib, sondern Bewegungen, die in der Erinnerung halt nicht bestimmbar sind an diesem Tag, sondern ein Jahr einnehmen: Wie bring ich das in einen anschaulichen, klaren Satz, wie geht das weiter. Und da war auch eine Art Erlösung in einem menschlichen Werk, das war eben der

Thukydides, die Geschichte des peloponnesischen Krieges. Ich kannte das aus meiner Jugendzeit, ich hab das sehr gern gelesen; auch die Haltung, die da drin war, und auch die Sprache. Mir ist eingefallen: mein Lieber, du wolltest doch immer die Geschichte eines einzelnen Menschen so wie die Geschichte eines Volkes schreiben. Eine Erzählung, die müßte die gleiche Konsistenz und Klarheit haben wie so eine Geschichtsschreibung zum Beispiel eben von Thukydides. Und da war ich schon ein bißchen fortgeschritten in der *Kindergeschichte,* hatte vielleicht so zwanzig Seiten, und wußte überhaupt nicht mehr weiter, und hab Thukydides gelesen, und da hab ich gemerkt, wie er die Übergänge schafft, also wie er ... er hat ja zwischendurch schon, wenn Schlachten beschrieben werden oder erzählt werden, hat er natürlich den Einfall der Nacht und so weiter beschreiben können; aber die Kriege und Vorbereitungen, und der Frieden, das geht ja doch über die Jahre hindurch, und da hat er ganz organisch diesen Unterschied von Winter und Sommer gehabt: Im Sommer wurde immer Krieg geführt, und im Winter ist man nach Hause gegangen, oder im Herbst, und hat, so gut es noch ging, die Felder bestellt, hat die Häuser ausgebessert, hat die Schiffe neu aufgebaut – und da hab ich gemerkt, ja in der *Kindergeschichte* hast du das ja eigentlich genau so schon gemacht, immer: im Sommer, im Winter, im Herbst; du hast es mit den Jahreszeiten ja gemacht. Aber das hat mich ungeheuerlich bestärkt, daß ich das vorgefunden hab schon auch bei jemand anderm, das bestärkt mich halt, das hat mir dann sehr weitergeholfen. Das hab ich dann auch eingesetzt: im folgenden Sommer, im folgenden Winter, im folgenden Herbst ... das hat mir wirklich – es ist vielleicht ein kleiner Trick, aber es hat mir ... dem Trick voraus ging eben die Entdeckung.
G. Die Erinnerung ist Ihnen während des Schreibens gekommen, nicht vorher.

H. Nicht vorher. Mitten im Schreiben drin kam mir die Erinnerung und damit eigentlich auch so eine Art Methode, die sich da eingestellt hat. Ich war aber froh drüber. Also dadurch konnt ich die Jahre erzählen. Aber ich fühl mich, muß ich sagen, immer noch viel viel wohler im Erzählen von Tagen und Nächten.

G. Weils konkreter ist?

H. Es scheint einfach so ein Urzustand des Erzählens in Tagen und Nächten vorzugehen.

G. Sie haben sich auch nicht verlassen dann auf diese Abfolge von Jahreszeiten, sondern mit Bildern die Struktur verklammert.

Ail 75–77

Ich rief A. von weitem etwas zu: sie nahm, wie reflexhaft, im Zuhören eine gekünstelte, gekrümmte Haltung ein, die beteiligt aussehen sollte und zugleich ganz unbeteiligt und hochmütig wirkte; und erst als ich ihr beim Reden nahe kam und das Gesagte so wiederholte, entkrümmte sie sich gleichsam, löste sich aus ihrer künstlichen Haltung und erschien wieder als ein Kind, das einfach nur zuhörte (das Ansprechen auf die Entfernung war wie ein Ursachenblitz für die reflexhaften Stolz-Posen erwachsener Frauen)

GdW 322f.

Ein Kind darf nicht in seiner Verlassenheit, als dem Natürlichen, Schicksalhaften, Menschgegebenen bestärkt werden. Ich muß ihm »die anderen« vorschlagen – andere Aspekte an ihnen zeigen, freilich nicht moralisierend; sondern ich muß diese Aspekte jeweils phantasierend herausfinden: epische Aufgabe im Umgang mit einem Kind

GdB 183

»Es fing damit an, daß … «; »Das ganze Jahr über …«; »Und nicht lange nachdem …«: so erzählt Thukydides die Historie: d. h., so verknüpft er

Wenn ich, begeistert, nur zugleich sachlich sein könnte – die »junonische Nüchternheit«: bleu sie dir ein! »Stop die Leidenschaft – gib Ausdruck!« hieß es im Traumtelegramm

Auch wenn es eine Kinder-Geschichte ist: es muß doch episch sein – eben jenes epische Gedicht, das mir (und dir) entspricht

Lakonisch, ja – aber jeweils mit einem ausführlichen elegischen Nachsatz, einem Weiterschwingen: das bin ich, das ist meine Schreibnatur

GdB 227 f.

Gerade habe ich die Kindergeschichte zuende geschrieben – »und jetzt hinaus zum Heurechen!« So fern vom Tod war ich nie – und wenn ich heute abend noch sterben müßte! Unter dem Holunderbusch umkreisen zwei schnaufende Igel einander, eine griechische Sonne glänzt auf ihren Stacheln, wie auf einem Fell. Im Sommerwind steht das ganze Haus da wie eine Sonnenuhr. Die Jasminblätter wirbeln durch den Garten wie Schnee. Aus der Zypresse schweben die Lindenblüten. Die ausgerissenen Brennesseln riechen nach »Wilde Frau«. Der Wegerich, lichtgrün, kühlt neu die Kindheitswunden; und das allerhellste Grün im Garten kommt vom Apfelbaum. Heute ist Sommer! Heute ist die Bleistiftspitze ein aus den Wolken ragender Berggipfel! »Trag mich in den Sonnenaufgang«, sagte die Lady von Shanghai. Und ich habe reinen Tisch gemacht für mein nächstes Jahrzehnt

GdB 229

V
Der Chinese des Schmerzes
1983

Epilog

Auf der Brücke weht ein eigener Hauch: nicht nur der Fluß erzeugt seinen Luftzug, sondern auch der ein wenig erhöht die Landschaft durchfließende Kanal. An der Oberfläche ist das Wasser so glatt, daß es zu stehen scheint, wie in einer Wanne oder einem Trog, während der dunkle Blätterwirbel gleich darunter den Eindruck einer reißenden Strömung macht. Beides täuscht: man könnte ohne Eile mit den Vogelnestern, den Papierschiffchen oder den Kastanienblüten, die obenauf schwimmen, gleich auf gleich bleiben; müßte seinen Schritt eher hin und wieder verlangsamen.
Die Brücke bildet eine kaum merkliche Kuppe in der Ebene; die überquerenden Mopeds geben immerhin Gas, manche Radfahrer lüften die Hinterteile, und die Scheinwerfer der Autos schwenken bei der Anfahrt schräg in den Himmel. Die violetten Schwalben jagen dicht über das Wasser hin, in dem große Grasbüschel treiben, wie losgerissene Inseln. Die gezackten schwärzlichen Ahornblätter in der Tiefe haben etwas von Fledermausflügeln. Es ist, als sei das dahinströmende Wasser nur eine andere Gestalt des steinernen Alprückens im Hintergrund – seine andere Zeit-Form, sein Umspringbild, seine freiere Erscheinung, sein Ebenen-Selbst; so wie auch die zwei tollenden Hunde auf der Wiese vor dem Berg nur dessen Umsetzung sind, seine

Zellteilung, seine Verwandlung ins Kleinwinzige, doch Springlebendige. Die zwei tollenden Hunde verwandeln sich in ein engumschlungenes Paar; dieses in ein Kind mit Kapuze.

Am Ufer blüht ein Fliederstrauch, und die Berge hinten nehmen gegen Abend die lila Fliederfarben an. Ein Greis steht auf der Brücke, mit halbgeschlossenen Augen, und sagt: »So leise ist dieser Kanal – so unaufdringlich, so bescheiden. Dieses Wasser muß siegen!« Ein Mädchen im weißen Kittel hält kurz mit dem Fahrrad und zündet sich, einen Fuß auf das Geländer gestützt, eine Zigarette an. Die hohen Saumgräser, sogar die starren Disteln, rascheln im Luftstrom wie Schilfhalme. In einer rutenreichen Weide pfeift eine Amsel, fast versteckt in dem Blattwerk, gleichwohl zu erkennen an der von Ton zu Ton changierenden Kehle. Die Weide rührt sich, so wie darunter das Wasser sich rührt. In der allein stehenden Fichte saust nun ein ganzes Land; ja, über der kleinen leeren Brücke blaut einmal der Himmel ganz Europas.

Der beginnende Regen tupft Kreise in das Wasser, die noch eine Strecke mit den Tropfen weiterschwimmen. Der Schnee dagegen fällt völlig spurlos in den Kanal, die Flocken von der Strömung sofort ausgelöscht. Ein für die eher schmale Wasserader überaus großer, hellbäuchiger Fisch schnellt vor der Brücke delphinhoch in die Luft, und springt nach der Brücke ein zweites Mal. Eine Ente rudert zwischen den Ufern hin und her wie ein Fährboot; als ein Hund herbeistürzt, läßt sie sich reglos, erhobenen Kopfes, bachabwärts treiben. Nach dem Regen steigt von der Brücke Dampf auf, und es riecht nach Holz.

Sooft ein Lastauto über die Bohlen fährt, schwankt es unter den Bohlen des da Stehenden wie einst von den dörflichen Viehwaagen; und auf dem Kanalboden stieben die bisher unsichtbaren Kleinfischschwärme auseinander. Periodenweise fließt aber nichts als das Wasser dahin, ohne Gegenstände, ohne Tiere – das Element pur: jetzt klar, jetzt trüb; birkenweiß, himmelgelb, felsengrau, fleischfarben, wolkenfarben, eisenblau, erdbraun, grasgrün, torfschwarz, zisternenschwarz; vollkommen lautlos; bloß wo ein Zweig hineinhängt – oder an einer Engstelle –, ein Gluckern wie von einer verborgenen Quelle. Manchmal hat das Element die Farbe der Erinnerung: mit nichts zu vergleichen, nur erinnernd. Gegen Abend treiben in der sonst eingedunkelten Masse die Glanzspiralen.

Im Herbst liegt das Kanalbett für einen Monat wasserlos, zur Reinigung, und zur Ausbesserung der Flanken; die Fische sind umgesiedelt. Der Schlick stinkt. An einigen Stellen ist das Bett ganz ausgetrocknet, wie ein Wadi. Aber eines Tages strömt es da wieder, schlammig, grau, voll von unten bis oben mit Kleinzeug, welches sich in der Trockenzeit auf dem Grund angesammelt hat. Eine alte Frau sagt, nach einem überraschten Ausruf über das zurückgekehrte Wasser: »Und wie dreckig!«; und fügt noch hinzu: »Aber recht so.«

Ein paar Brückenbohlen sind ausgewechselt worden und bleiben noch lange heller als die umliegenden; in den Ritzen zeigt sich, früher als sonstwo im Umkreis, das Eis, das sich in der Folge auch gläsern aus den Spalten der Weiden wölbt. An einen Weidenstamm ist, von weither, ein großes, gelapptes Platanenblatt geweht worden, und haftet da als eine andere Wanderweg-Plakette. In einer Winternacht erscheinen die Kanal-Laternen, oben von einem Stadtberg gesehen, mit ihren Knicken und Schwüngen als das Hauptsternbild der Ebene. Bei Betrachtung der vielfach verkleinernden Landkarte geben die Mäander das zugehörige Zittern.

Der stetig von dem Wasser aufsteigende Dunst schafft einen diesseitigen Kanalbereich und einen jenseitigen: die Siedlungshäuser hinter dem Schleier werden zu einem Ort für sich, mit dem altertümlichen Holzrad, das ruckweise die Ufergärten bewässert, als dessen Wappen. Jenseits der Brücke sind die Passanten sozusagen schon angekommen in ihrem Heimbereich: wenn sie davor noch allesamt im Gänsemarsch am Straßenrand gingen, schließen sie danach zueinander auf oder schwärmen auseinander wie in einem Kral, oder Gemeinschaftshof. Ein halbwüchsiger Radfahrer nimmt nach der letzten Bohle augenblicks die Hände von den Stangen und fährt mit verschränkten Armen bis vor die Haustür. Sein Nachfolger, dessen Rad schlingert und klappert, als würde es gleich in alle Teile zerfallen, steigt auf der Brücke ab, betrachtet das Gestell, spricht laut zu sich selbst: »Na, bis nach Hause komme ich noch!«, steigt wieder auf und schlingert weiter.
Der Brückensteher, alias »der Wachhabende«, oder »der Volkszähler«, bleibt unauffällig; gefragt, was er da tue, kann er antworten: »Ich warte.« Wartend geht er auf den Bohlen auf und ab, oder lehnt sich an das Geländer, eine Ferse hinten abgestützt. Er schaut zu, wie ein Fahrschüler vor der Brücke das Wenden übt. In dem haltenden Obus, startbereit, surrt es schon. Die Bäume der Ebene, vom Nebel gelichtet. Die vielen schwarzen Mistelballen in den Kronen, und daneben der strahlende volle Mond. Das Gebirgswasser des Kanals, eisig, kühlt den Puls. Einmal, hier stehend, ist er: »Ich bin.«
Diese Brücke, denkt er, ist zu klein, daß sie je aus strategischen Gründen gesprengt werden müßte. Es würde da nie eine Fahne entrollt werden. Unter einem Panzer würde sie auf der Stelle einbrechen. Auch die Natur würde sich hier kaum von ihrer Gewaltseite zeigen: bei

Hochwasser würde die Zapföffnung oben an der Ache – dem Kanalursprung – einfach verschmälert werden.
In der Sonntagvormittagssonne tanzen eine hochschwangere Frau und ein junger Bursche, einander an den Händen haltend, im Beisein der langsamen Strömung zu ihren Füßen, mitten auf dem Brückenbogen den Schwangerschaftstanz. Eines Nachts hängt im Garten des Brückenhauses, wo eine Ausländerfamilie wohnt, statt der gewohnten Buntwäsche fast nur Weißes. Der Betrachter findet ein ungebräuchliches Wort für die Tätigkeit des Wassers, der Bäume, des Winds, der Brücke: »Der Kanal, das Licht, die Weiden, die Brückenbohlen: sie walten.«
Ein Zirpen in den Drähten kündigt wieder einen Obus an. Es ist die Regel, daß einer der Aussteigenden den übrigen vorauseilt, und daß einer der Nachzügler ist. Die Passagiere ähneln im Sommer, wenn sie vom Trittbrett springen, mit ihrer farbigen Kleidung durcheinanderpurzelnden Spielkegeln, oder einem verwegenen Haufen von Rot-, Weiß- und Braunhäuten; im Winter, dunkel gekleidet und vermummt, von den Brennlampen der Endstation-Schleife angestrahlt, Verbannten oder Pilgern. (Hier sind wir mit den Indianern eins.) Im Schub bewegen sie sich rasch über die kleine Brücke; nicht alle Heimkehrenden schwenken ihre Tragtaschen so wie das Kind jetzt. Selten bleibt einer der Passanten stehen und blickt hinunter zum Wasser (höchstens stellt jemand kurz seine Last ab, oder wechselt sie in die andere Hand); dafür stoßen einige ihre Stöcke und Schirme auf. Kaum einer der Brückenüberquerer schimpft, klagt, oder lacht; doch ab und zu kommt ein Erzählton: »Als mein Vater ...« Ein schnarrender Einkaufswagen; ein federnder Säuglingswagen; ein schnurrender Elektrorollstuhl. Dann ein Jahrmarkts-Moment: Zwei Schüler nutzen die Brücke, da den Tausch zu voll-

ziehen, den sie zuvor im Bus vereinbart haben, während zugleich ein Erwachsener, nach dem Einwurf einer Münze, der am Geländer befestigten Plastiktasche eine Zeitung entnimmt. Eine gichtverkrümmte Greisin stoppt auf der Wölbung und äugt, bei gebeugtem Kopf, nach dem Wetter: »Der Hupf-Auf da oben schafft an!«
Der Nachzügler ist eine junge Frau mit hochgestecktem Haar, in dem die vielen verschiedenfarbigen Kämme, als sie über die Brücke geht, nur so glänzen.
Der leere Brückenpaß ist flüchtig erfüllt von weiblichem Parfum.
Im Abstand folgt ein girlandengeschmückter Pferdewagen, voll mit Musikanten, auf dem Weg von einem Auftrittsort zum nächsten; sie haben Klarinetten, Trompeten und Tschinellen beiseitegelegt und blicken müde; nur der Ziehharmonikaspieler, welcher hinten auf der Deichselstange sitzt, sein Instrument in der Armbeuge, öffnet auf der Brücke den Fächer zu einem langgezogenen Ton.
Dem mittelalterlichen Kanal entströmen nun – ähnlich wie den entsprechenden Steinfiguren über dem Kirchenportal in der Innenstadt – Ruhe, Verschmitztheit, Verschwiegenheit, Feierlichkeit, Langsamkeit und Geduld.

ChS 245–255

H. Ja, da kann ich vielleicht etwas sagen, Herr Gamper, was mir wichtig ist. Nach zentralen Sätzen hab ich mir irgendwie angewöhnt, daß irgendeine … ganz wichtig ist eine Ablenkung, die schon aus dem zentralen Satz kommt, aber das ist mir auch – ich sag zu oft das Wort ›physisch‹ – … aber das ist eben auch eine physische Erfahrung von mir, des Schreibens, daß es da eine lustige Ablenkung braucht, daß man sich das auch erlauben kann. Und zwar hab ich das vor allem im *Chinesen* oft eingesetzt, nicht als Rezept, sondern es als Möglichkeit *erwartet*: Immer wenn ich abgelenkt werden konnte, hab ich mich ablenken lassen. Allerdings ging es immer nur kurz, es sind nur lakonische Ablenkungen; deswegen bin ich ja auch kein Epiker im alten Verstand. Und zwar, wenn das jetzt nicht zu einschüchternd wird – aber ich habs ja auch erst gelernt, und ich bin immer ein Schüler gewesen –, muß ich da die Form von chinesischen Mönchs-Dialogen erwähnen. Diese Dialoge oder Sprüche heißen *Koans* – es ist nicht wichtig zu wissen, aber ich erzähls jetzt halt. Wenn da ein Mönch etwas unglaublich Wichtiges sagt, also: »Diese Schönheit der Erde ist nicht auszuhalten«, da antwortet der andere drauf: »Mein Gott, dieser Baumschwamm könnte aber auch einen weniger trockenen Rand haben.« Und dann sagt der dritte Partner: »Hätte der zweite das jetzt nicht gesagt, so sähen wir jetzt überall Totenschädel herumliegen.« In dem Sinn. Es ist überhaupt nicht exakt zitiert, was ich sage – aber daß also etwas ganz Mächtiges oder Ausrufhaftes, Kernhaftes gesagt wird, und der Zweite, um das um Gottes willen nicht da weitergehen zu lassen – das führt in die Sprachlosigkeit oder wirklich in das schlechte Nichts, in das furchterregende Nichts –, sagt jetzt irgendwas. Irgendwas. Wirklich nur irgendwas. Also: »Der Efeu hat hellgrüne Adern« ... irgendwas. Und dann sagt der Dritte: »Ah, Gott sei Dank hast du das gesagt.« (*Lacht*). In dem Sinn. Also das hab ich oft gemacht. Der ganze *Chinese des Schmerzes* ist durchsetzt von diesen Koans – die man nicht erkennen *muß*, es geht ja niemanden was an, aber die mir als Schreiber ungeheuer viel weitergeholfen haben. Ich bin nicht mehr so auf dieses ungeheuer strenge Gesetz aus wie in *Langsame Heim-*

kehr. Ich kann das auch nimmer. Ich hab irgendwie auch gelernt, diese Umwege, diese Ablenkungen, diese Bedeutungslosigkeit zu schätzen. Natürlich darf diese Bedeutungslosigkeit keinen Raum einnehmen, nur irgend einen Platz, eine Nische, einen Winkel.

G. Eben, sonst besteht die Gefahr, daß es beliebig wird.

H. Es wird auch beliebig. Das weiß ich aber, *glaub* ich zumindest zu spüren, wanns beliebig wird und wanns einfach nur eine Art Ausatem-Stelle benötigt – ohne daß ich das vorher natürlich sagen kann; ich kanns nicht planen und konstruieren.

G. Dieses Koan-Prinzip, war das schon wirksam in der *Langsamen Heimkehr*?

H. Das hab ich damals überhaupt nicht gewußt – aber instinktiv hab ichs oft schon angewandt. Im *Chinesen* hab ich das auch am Anfang nicht gewußt, aber da bin ich unglaublich ins Gedränge gekommen und hab zu der gleichen Zeit – da kann man ja nur ganz klassische Texte lesen, *ich* kann nur klassische Texte lesen bei der eigenen Arbeit – ... und da ging mir wirklich ein Licht auf und ich hab gemerkt, daß ich das ja schon die ganze Zeit *mach*, und dann hab ich natürlich für die Dauer des Buches sozusagen gelauert: Wo kann ichs denn noch machen. Ich warte, wann sichs ergibt – ich kanns nicht planen –, so wie ich bei *Langsame Heimkehr* im voraus schon gewußt hab: Wann auch immer sich ein Ausruf ergibt oder eine Möglichkeit zur Klage, wenn sichs *ergibt*, läßt es vorkommen. Das ergibt ja dann im nachhinein die Struktur, diese Sachen. So hat eigentlich *Der Chinese des Schmerzes* sehr genau die Struktur dieses Beiläufigen, Unauffälligen, dieses Nicht-mit-der-Sache-zu-tun-Habenden. Sehr viel davon verdank ich dieser Lektüre.

Ail 71–73

H. Sicher kann man das nicht als Grundgesetz für jede Arbeit haben. Es ist auch so der Fall, daß man wie beim Katalysator das im nachhinein, wenn man es gedruckt, in den Fahnen, vor sich sieht, was ich jetzt Koan nenne, dieses à part-Sprechen – mir fällt eben kein deutsches Wort dafür ein – ... kann man das natürlich im nachhinein, wenns noch Zeit ist, wieder herausnehmen. Das hab ich auch bei vielen Stellen dann gemacht. – ›Ablenkung‹ oder ›Flapserei‹ sagt man vielleicht auf deutsch. So wie ich seit der Kindheit immer ein Bedürfnis gehabt hab, jeden, der so ganz bedeutend zu reden anfängt, zu unterbrechen und irgendeinen Blödsinn zu sagen, hab ich das halt für mich selber benützt – weil beim Schreiben spricht man ja immer mit sich selber –, damit ich weiterkomme. Wenn man nur so auf dem Grat immer geht, kommt man sich auch lächerlich vor. Da denkt man: Warum gehst du freiwillig auf diesem Grat, du brauchst ja nichts zu schreiben. Das kommt da alles zusammen.

G. Im *Chinesen* schienen Sie sich auf dem Grat oder eher auf dem Seil sehr wohl zu fühlen, man spürt da überhaupt keine Anstrengung.

H. Viel wohler, ja ja, ich war viel freier, ich hab auch die Räume vor mir gehabt, die täglich dann nachzuprüfen, ob ichs auch richtig gemacht hab, und da die Phantasie herumspielen zu lassen an dem Kanal, und zu wissen, das geht alles auf die entheroisierte, das Ich losgewordene, das enge Ich, den »Pfahl des Ich«, wie der Doderer sagt, losgewordene Welt des strömenden Wassers hin, und daß da die Jahreszeit sich endlich auch nicht mehr ... das ist ja auch ein sehr interessantes Problem vielleicht sich zu unterhalten: ich hab nicht mehr das Eins-nach-dem-andern-Problem des Erzählens wie: Was mach ich dann mit der Nacht, mit dem Tag, mit dem Morgen, mit den Stunden; sondern ich kann AL-LES, ich kann Eine Zeit sein lassen, immer als ob die Zeit steht, als ob die Zeit doch geht; also jetzt in dem Satz ist Frühling, im nächsten ist es Winter, dann ist es Nacht, dann ist es Tag … das ist eine sehr, sehr … menschliche Befreiung.

Ail 74 f.

VI
Die Wiederholung
1986

Solch ein Treueversprechen war dann auch, was der Zwanzigjährige damals im Karst für sich als seine »Hochzeit« feierte. Es kam dazu an einem Sonntag nach der Messe, im ummauerten Hof eines Gasthauses, unter einem breitlappigen Maulbeerbaum. Ich saß bei einem Glas Wein, als eine kleine gemischte Schar im Feiertagsstaat durch das Portal trat, in einer Fröhlichkeit, als halte der Segen des »Geht hin in Frieden« sie alle noch zusammen. Die Kinder liefen oder drehten sich im Kreis, die Erwachsenen wandten sich unablässig einander zu, und der eine Einbeinige und die eine Zwergin vervollkommneten den Reigen. Sie grüßten mich, den Unbekannten, in schöner Selbstverständlichkeit, die Männer, indem sie den Hut zogen, die Frauen mit einem Lächeln, und nahmen Platz an einem langen Tisch, für den dann mehrere Tücher benötigt wurden, sich bauschend im Plateauwind, sich rötend im Lauf der Stunden nicht nur vom Wein, sondern auch von den abgefallenen weichen Maulbeeren. In dieser Gesellschaft, redelustig, ohne daß sich aber daraus die lautere Stimme eines Wortführers erhob, erblickte ich eine junge Frau, welche die ganze Zeit stumm blieb, bloße Zuhörerin, die Augen in der Aufmerksamkeit fast ohne Lidschlag. Endlich wendete sie leicht den Kopf und sah mich an. Ihr Gesicht war von einem Ernst, mit dem aus der Zuhörerin eine Sprecherin wurde; und der Angesprochene, das war ich. Kein Lächeln, kein Lippenkräuseln, nur das unbeweglich auf mich gerichtete Augenpaar, welches sagte: »Du bist es.« Fast hätte ich, in meinem Schrecken, zur Seite geschaut, doch ich hielt dem Blick stand, faßte mich und fand selbst zu einem Ernst, der eine Art Erschütterung war, so gewaltig, als hätte ich zwei Jahrzehnte lang ein menschenunwürdiges Leben geführt, ohne Bewußtsein und ohne Seele, und sei erst in der Begegnung mit diesen weiblichen Augen, zu mir, auf die Welt, gekommen. Da war es; da war das weltbewegende Ereignis; da war das Antlitz meiner Frau! Und dieser wurde der junge Mann nun vermählt, in einer ausführlichen, gestuften, feierlichen, erhebenden – »sursum corda!« –, von der Karstsonne und dem Meerwind geleiteten, uns beiden allein erlebbaren Zeremonie, im Abstand, in der Scheu, ohne Wort oder Geste, verbunden im Blick, ohne einen Zeugen, ohne ein Dokument als diese Erzählung hier. Auge in Auge, Ruck um Ruck, näherte sich so einer dem andern, bis du Ich warst, und ich Du. Anbetungswürdige unter dem Maulbeerbaum: Du bist die einzige geblieben, von der auf mich überging, sie sei mein.

Zweimal bekam ich in dieser Zeit auch den verschollenen Bruder zu Gesicht. Jene Nacht in dem Eisenbahnschacht hatte mich gelehrt, daß ein Ort oft erst Inbild wird durch den Nebenort – der Foltertunnel durch den Pioniertunnel –, und so mied ich jetzt eigens die in den Bruderbriefen erwähnten Karstdörfer, im Glauben, diese klarer umreißen zu können durch das Erforschen all ihrer Nachbarschaften. Strahlten nicht auch die Kindheitsorte, deren Namen mir zwar täglich im Ohr klangen, denen ich aber immer nur in die Nähe kam, einen weit stärkeren Schein aus als jene, die ich tatsächlich betrat? Es gab zum Beispiel am Ostrand des Jaunfelds den Weiler Sankta Luzia, kaum mehr als eine einzeln stehende Kirche, von den Eltern häufig erwähnt, weil sie da geheiratet hatten: Nie war ich dort, doch ich habe ihn von allen Seiten umkreist, und indem ich von Sankta Luzia nichts wahrnahm als vielleicht eine Ackerrandfurche aus dem Waldinnern, oder ein Abendläuten und einen Hahnenschrei, ist mir bis heute, als beginne dort, kaum eine Fußstunde weg von zuhause, eine neue Welt. So sah ich dann in einer sonnigen Stunde, wieder vor einem Gasthaus, in solch einem Nebendorf den Bruder durch das Hofportal treten. Er erschien mir in einem Gedränge; denn der Sprengel feierte seinen Kirchtag, und aus der ganzen Karsthochfläche waren die Leute hierhergepilgert. Trat er wirklich ein? Nein, er stand vielmehr bloß da, unter dem Portal, auf der Schwelle, und obwohl ein großes Kommen und Gehen war, bildete sich um ihn herum ein freier Raum, welcher mir, mit dem Augenblick, seine Zeit, die Zeit vor dem Weltkrieg, wiederholte. Der Bruder war jünger als ich, sein zwanzigjähriger Nachfahr, und erlebte gerade das letzte Fest seiner Jugend. Er trug den Rock mit den breiten Aufschlägen, der inzwischen auf mich übergegangen war, und seine Augen – er sah auf beiden – träumten aus den sehr tiefen Höhlen hinaus ins Unendliche. Obwohl ich unter den Gefährten sitzenblieb, war mir zugleich, als erhöbe ich mich, um mich zu vergewissern. Die Augen des Burschen waren von dem schwärzesten Schwarz, jenem der in diesen Sommertagen allüberall ausgereiften Holunderkugeln, und glänzten auch in deren lebendigem Glanz. Unbeweglich standen wir einander die Ewigkeit lang gegenüber, in der Entfernung, unerreichbar, unansprechbar, vereint in Trauer, Gelassenheit, Leichtsinn und Verlorenheit. Ich spürte die Sonne und den Wind an den Stirnknochen, sah das festliche Treiben beidseits des dunklen Durchlasses mit dem Bruderbild und wußte mich in der Mitte des Jahres. Heiliger Vorfahr, Märtyrerjüngling, liebes Kind.

Das andre Mal war es ein leeres Bett, das mir von Gregor erzählte. Ich fuhr viel mit der Karsteisenbahn, oder hielt mich auch nur auf deren so eigentümlichen Bahnhöfen auf. Diese befanden sich in der Regel weit außerhalb der Dörfer in der Wildnis und waren oft nur auf Pfaden, ohne Hinweisschilder, zu erreichen, und in der Nacht ließen sich manche Stationen, die in der völligen Dunkelheit lagen, nur durch langsames Vortasten finden, möglichst mit einem Einheimischen als Führer. Kurz vor der Ankunft des Zuges strahlte dann freilich, auch wenn ich, wie nicht selten, der einzige Wartende war, das ganze Gelände auf und zeigte eine weitläufige, vielfältige Anlage, von der Größe einer Fabrik und der Majestät eines Herrensitzes: heller Kies, Springbrunnen unter eine Zeder, in hellblauen, duftenden Glyzinienbüscheln prangende Fassaden, wappenartige blinde Fenster. Auch hier war das obere Stockwerk bewohnt, und während der Beamte unten im engen Büro vor der leuchtenden Schalttafel saß wie in seiner Weltraumkapsel, ging die zugehörige Frau zu seinen Häupten an den vielen Fenstern vorbei durch eine Gemächerflucht. In der Wüstenstille immer wieder das Schrillen eines Telefons, und schließlich das Ankündigungsgeläut, welches gebieterisch zur Ordnung rief. Die Schienenstränge waren fast durchwegs tief eingeschnitten in den Karstfels wie in einen Canyon, und entsprechend hatten die Geräusche der sich nähernden Züge, das Rattern und Rumpeln, einen Hall, vergleichbar dem in den Schächten einer Untergrundbahn. Oft folgte dem Läuten in der Station unmittelbar jenes starke Klirren draußen in der Einöde, so als würde der Zug gleich im nächsten Moment aus seiner Felsgrotte schießen; verlor sich wieder in einer der vielen Schluchtschleifen, schallte viel später, wenn man schon an eine Ohrentäuschung dachte, neu aus einer unvermuteten

Richtung, begleitet von dem sonoren, in Abständen wiederholten Tuten eines auslaufenden Überseedampfers, und endlich trat die rollende Orgel des Karstes hinten aus der Stockfinsternis, pfeifend, brausend, trillernd, dröhnend auf allen Registern, erkenntlich an den Dreiecksaugen vorn an der Lokomotive, von denen das Auge der Stirn im Näherkommen erlosch. Noch abenteuerlicher fast die durchfahrenden Güterzüge, mit ihren massigen, vollkommen dunklen Waggons, oft jeder einzelne von verschiedener Länge, dazwischen auch eine Reihe unbeladener Untergestelle mit aufragenden Stangen, ein scheinbar unendliches Koppel, mit einem wuchtigen Pochen, Hämmern, Klacken und Trommeln, in der Leere dann eine Schleppe aus Stahlgeruch und ein Sirren und Singen hinterlassend, als sei die Menschenwelt unbesiegbar.

In einer solchen Nacht wartete ich in einem Karstbahnhof auf den letzten Personenzug. Es war noch viel Zeit, und ich saß im Gras an der Zeder, ging im Kies auf und ab, zeichnete die Maserung am Tisch des Warteraums samt meinem daraufliegenden Stock, betrachtete den grüngestrichenen Eisenofen, dem das Rohr fehlte. Draußen unter den Sternen die Schatten der Fledermäuse. Eine warme Nacht so wie üblich, der Geruch der Glyzinien zarter als der jedes Flieders. Ich erinnerte mich des Plans aus der Kaiserzeit, die Bahnstrecke Wien–Triest in Slowenien als unterirdische, in einem Durchstich der Karsthöhlen, zu führen. Im Auf- und Abgehen kam ich dann an einem beleuchteten Kellerfenster vorbei; es war mir zuvor nicht aufgefallen. Ich bückte mich und sah hinab in einen großen Raum, wohnlich eingerichtet mit einer Bücherwand und einem Bett. Dieses war bezogen, die Decke umgeschlagen wie für den Benützer; runder Schein der Nachtlampe auf dem Polster. Das also war der Ort, wo sich der

Bruder, der fahnenflüchtige, verborgen hielt! Ich trat zurück und erblickte im Stockwerk darüber, an einem der hohen Fenster, die Silhouette einer Frau. Sie umsorgte ihn, und es ging ihm gut bei ihr.
Ich sah mich an einem Ziel. Nicht den Bruder zu finden hatte ich doch im Sinn gehabt, sondern von ihm zu erzählen. – Und eine andere Erinnerung ergriff mich: In einem Frontbrief erwähnt Gregor das sagenhafte Land, das in der Sprache unserer slowenischen Vorfahren »das neunte Land« heißt, als das Ziel der gemeinsamen Sehnsüchte, in dem Satz: »Mögen wir uns eines Tages alle wiederfinden, in der geschmückten Osternachtskalesche, auf der Fahrt zur Hochzeit mit dem Neunten König im Neunten Land – erhöre, Gott, meine Bitte!« Seinen frommen Wunsch sah ich nun übertragbar in die irdische Erfüllung: die Schrift. So wie das leere Bett aus dem Bahnhofskeller übertrüge ich auch das Thermometer außen an der Stationsfassade, verfertigt von einem Wiener Optiker der Jahrhundertwende, den dreibeinigen hölzernen Schemel daneben, das Rebenmuster des Wartezimmers und das Grillenzirpen ins Haus unsrer Familie. Und so näherte sich mein Zug, mäandernd durch die Wüstenei, ein Grollen, Abschwellen, Aufbrausen, die Scheinwerferaugen weit aus den Klüften vorausschweifend, und trat dann selbst auf den Plan, die Lok im Stillstand schließlich, Fugen und Ritzen von all den Innenlämpchen nachgezeichnet, ein knisterndes, kraftstrotzendes, märchenhaftes Gehäuse, und die Waggons belegt mit den Heimkehrern aus den Städten, vom Meer, aus dem Ausland, schnarchend, Kreuzworträtsel lösend, strickend.

So hell die Wachmomente, die nächtlichen wie die täglichen, damals im Karst, so finster die Träume. Sie vertrieben mich aus dem vermeintlichen Paradies und stürzten mich in eine Hölle, wo ich, ohne sonstige Gesellschaft, der Verdammte und der Böse in einer Person war. Ich fürchtete mich vor dem Einschlafen; denn jeder Traum handelte von meiner Schuld, nicht daheim, nicht bei den Meinen, zu sein. Ich sah dabei immer nur das Anwesen, nie einen Menschen dort. Und das Anwesen war Ruine, das Dach ins Haus gestürzt, der Garten Unkraut mit springenden Schlangen; von den Angehörigen keine Spur als ihre klagenden, sich entfernenden Stimmen, oder ein paar Flecken im Erdstaub, wie von geschmolzenen Eiswürfeln. Von Mal zu Mal erwachte ich als ein Verworfener. Selbst die Sonne des Tages, der Taufwind, das Gehen, die trocknenden Zwiebelhaufen unter meinem Kammerfenster im Hof, an Fischernetze erinnernd, verloren mit der Zeit ihre Kraft, und ich beschloß, von einem Augenblick auf den andern, heimwärts zu flüchten.

Erst auf dem Weg gewann ich die Ruhe zurück, für die letzte Station meiner jugoslawischen Reise. Ich fuhr nach Marburg, oder Maribor, um die Schule des Bruders zu suchen. Eine Suche war dann jedoch unnötig; schon vom Zug aus zeigte sich der Hügel mit der Kapelle obenauf, mir vertraut von dem Vorkriegsphoto. Auch aus der Nähe schien seit dem Vierteljahrhundert nichts sich verändert zu haben: nichts zerstört, nichts dazugebaut. Verfallen nur das eine große bemalte Bienenhaus; dafür bunte kleine Kästen im Gras zwischen den Obstbäumen. Ich ging in der weiten luftigen Anlage umher, betrachtete den Palmenfächer vor dem Hauptgebäude, den wilden Wein, sich rankend in den Schründen einer Pappel, die Initialen, großgewuchert in der glatten Rinde einer Hainbuche, die vielen Stufen, emporführend zur Tür eines der Nebengebäude (»da saß er am Abend mit den andern«), und wünschte mir im nachhinein, dieser Betrieb, diese Plantage, dieses Musterland sei mein Internat gewesen. Ich stieg den Weinhügel hinauf – immer höher wurden dabei die Lehmabsätze unter den Füßen –, mit dem Bedürfnis, mich immer wieder zu bücken, in die Erde zu greifen, zu sammeln, etwas mitzunehmen. Behalte, behalte, behalte! In dem Schieferberg waren Brocken von Kohle eingeschlossen, die ich ausgrub und mit denen ich heute, ein weiteres Vierteljahrhundert später, zittrige schwarze Striche über das weiße Schreibpapier ziehe: Ihr habt euren Dienst nun getan.

Die Kapelle stand oben auf einem Felskopf. So unversehrt unten die Landwirtschaftsschule – die Baumkronen mit dem Schimmer eines Olivenhains, die braunen Ziegeldächer in sich gemustert wie eine Geheimschrift –, so verwüstet das kleine Heiligtum. Es war, als beträte ich das dachlose, unbewohnbare Haus meiner Alpträume. Zerschlagen der Altarstein; die Fresken überschmiert mit den Namen der Gipfelstürmer (nur noch eine Ahnung von dem himmlischen Bildstockblau); am Boden, begraben unter Schutt und Brettern, die Statue des unter das Kreuz gefallenen Christus, daliegend mit abgehauenem Kopf, die Dornenkrone ersetzt durch Stacheldraht; die Eingangsschwelle zerrissen von Baumwurzeln. Ich blieb nicht allein: ein junger Mann stellte sich neben mich, verschränkte die Arme, und dann hörte ich ihn nur noch tief atmen; und später kam noch eine Gruppe vorbei, wie es schien, Leute auf einem Betriebsausflug. Eher zufällig bogen sie zu der Kapelle ab, stellten sich breitbeinig davor auf und bedachten die Ruine mit einem ganz und gar verständnislosen, und den Betenden mit einem gleichermaßen ungläubigen Blick, woraus dann im Weitergehen ein gemeinsames starres Grinsen wurde, weniger des Hohns als der Befremdung und der Verlegenheit. Da

erst riß es mich aus dem Traum von der Zeitlosigkeit, und ich bekam ein klares Bild der Geschichte, jedenfalls dieses Landes hier, und nicht etwa keine Geschichte wollte ich da, sondern eine andere, und der einzelne Andächtige erschien mir als deren Verkörperung, als deren Volk, hochaufgerichtet, wachen Sinnes, strahlend, gesammelt, unbeirrbar, unüberwindlich, kindlich, im Recht.
Außen an der Fassade fand ich dann den Namen des Bruders. Er hatte ihn in Großbuchstaben, in seiner schönsten Schrift, eingeritzt in den Verputz, so hoch oben, daß er dabei auf dem Sockel gestanden sein mußte: GREGOR KOBAL. Das war am Vortag seiner Abreise von der Schule gewesen, zurück in das feindliche Heimatland, wo ihn, statt einer Geliebten, die fremde Sprache erwartete und der Krieg, als Gegner die Burschen, denen er hier durch die Jahre zum Freund geworden war. Stille, die mich umgab; im Gras ein Regenknistern, das von den Flügeln eines Libellenpaars kam.

Am frühen Abend stand ich unten in der Stadt, auf der großen Brücke über die Drau. Diese, keine hundert Kilometer östlich von meinem Geburtsdorf, war ein anderer Fluß geworden. Zuhause eingesenkt in das Trogtal, versteckt unter Wildwuchs, die Ufer kaum zugänglich, das Wasser fast lautlos, trat sie hier in Marburg hervor als die weithin sichtbare, glänzende Ader der Ebene, rasch dahinfließend, mit einem besonderen Wind, die Sandbuchten hier und da schon eine Vorahnung des Schwarzen Meeres. Mit dem Auge des Bruders betrachtet, erschien sie mir fürstlich, wie beflaggt von unzähligen Wimpeln, und die geriffelten Wellen wiederholten die leeren Viehsteige, so wie die Schattenbilder der Waggons von der parallelen Eisenbahnbrücke die blinden Fenster des verborgenen Reichs. Die Flöße der Vorkiegszeiten trieben wieder stromab, eins nach dem andern. Feierabendliches Gehen auf der Brücke, immer dichter, die Leute alle schnell unterwegs, mit vom Wind geweiteten Augen. Die Laternenkugeln erstrahlten weiß. In der Brücke waren jene seitlichen Ausbuchtungen, welche seit damals mein Blick auf allen Brücken der Welt sucht. Im Rücken die unablässig Dahingehenden, von denen es mir unter den Sohlen schütterte, umklammerte ich mit beiden Händen das Geländer, bis ich die Brücke samt dem Wind, der Nacht, den Lampen und den Passanten auf mich übertragen hatte, und dachte: »Nein, wir sind nicht heimatlos.«

Tags darauf, im Zug heimwärts, auf einmal ein Ansturm auf die Abteile, als sei das die letzte Möglichkeit zu einer Flucht. (Dabei waren nur die Vor-Züge ausgefallen.) Eingeklemmt zwischen die fremden Körper, wie armlos und einbeinig, selbst das Kinn verrenkt, um damit an kein Nachbarkinn anzustoßen, spürte ich mit der Zeit in mir eine wachsende Vergnügtheit. Ich war in dem Haufen am Platz. Es wurde sogar eine Art von Behagen, derart zusammengepfercht zu sein, und nicht nur mir ging es so: Ich sah zum Beispiel einen Mann, der in der Zwangslage den Raum fand, ein Buch zu lesen, eine Frau, die strickte, ein Kind, das einen Apfel aß. Trauriger Luxus, vor der Grenze den Waggon für sich allein zu haben.

Das Wiedersehen mit Österreich machte mich froh. Ich erkannte, daß selbst im Karst das mitteleuropäische Grün mir gefehlt hatte; es war mir eingeboren. Es tat auch wohl, die Petzen, »unseren Berg«, wieder von der vertrauten Seite zu sehen. Und es genügte die Vorstellung, nach den Wochen in der, vor allem in der Müdig-

keit, zungenbrecherischen Fremdsprache nun von meinem vertrauten Deutsch umgeben zu sein, und ich fühlte Geborgenheit. Auf dem Weg von dem Grenzbahnhof zur Stadt Bleiburg sah ich in dem Sonnenuntergangshimmel, von vielfarbigen Wolken umkränzt, noch einen zweiten, tieferen Himmel, und dieser Raum erglühte in Glorie. Und der Gehende gelobte, freundlich zu sein, so wie es sein Teil war, ohne Anspruch, ohne Erwartung, als jemand, der auch in seinem Geburtsland nur zu Gast war, und die Kronen der Bäume verbreiterten ihm die Schultern.
Kaum in der Kleinstadt, geriet der Heimkehrer ins Getriebe der Gesellschaft dort, die, so schien ihm, auch während seiner Abwesenheit ihre Runden gedreht hatte, auf der Suche nach einem Opfer. Und nun war der Unbegreifliche, der Feind wieder da! Schon auf dem Herweg hatten sie ihn mit ihren Autos überholt und den übrigen sein Nahen angekündigt. Ihr Kommando erwartete ihn, getarnt als Abendspaziergänger, die umgehängten Hundeleinen in Wahrheit Gewehrriemen, und ihr Pfeifen und Rufen an allen Straßenecken diente allein der Umzingelung. Doch an diesem Tag konnten sie ihrem Widersacher nichts anhaben. Er blickte ihnen in die Augen, als erzählte er von einem solch fernen Land, daß sie ihn entweder unwillkürlich grüßten oder wegschauten, zum Beispiel hin zur Pestsäule; und wenn sie sich nach den Tieren umwandten, so geschah das eher aus Angst, sowohl um sich als auch um die vierbeinigen Freunde. Und in der Tat verstärkten sich mit jedem Schritt durch die Stadt in mir der Haß und der Ekel, bis ich an der Stelle des Herzens in der Brust nur noch ein Sieden und Kochen spürte. Ich wollte Feuer speien gegen sie, wie sie da marschierten, stolzierten, trippelten, schlichen und schlurften, wie sie im Schutz der Fahrzeuge einander angrinsten, wie ihre Stimmen,

mit denen verglichen das Knarren eines Astes oder das Schaben eines Holzwurms beseelt war, schadenfroh, weinerlich, frömmelnd, das Blaue vom Himmel und das Grün von der Erde wegwischten, und wie jedes Wort, das sie sagten, Redensart war, eine liebloser als die andre, vom »Aus dem Verkehr ziehen!« zum »Ein Gedicht und so«. Diese Zeitgenossen waren durchwegs reinliche Leute, wohlfrisiert, adrett gekleidet, blinkende Abzeichen auf Hüten und in Knopflöchern, duftend nach diesem und jenem, topmanikürt, in Hochglanzschuhen (wobei es auffällig war, daß ihre Willkommensblicke zuallererst auf mein staubiges Schuhwerk zielten) – und doch hatte der ganze Zug eine geradezu schuldhafte, strafwürdige Häßlichkeit und Unförmigkeit. Das lag, so schien mir, an den fehlenden Augenfarben, ausgelöscht von einem starrsinnigen Übelwollen, und als ich überlegte, ob das vielleicht nur meine Einbildung sei, traf mich im selben Moment ein Seitenblick, welcher, hilflos vor Wut, den ersten besten nicht töten zu können, wegzuckte zum nächsten hin. In dem Zwanzigjährigen lebte auf, wie in dieser Menge nicht wenige ihre Kreise zogen, die gefoltert und gemordet oder dazu wenigstens beifällig gelacht hatten, und deren Abkömmlinge das Althergebrachte so treu wie bedenkenlos fortführen würden. Jetzt zogen sie dahin als die rachsüchtigen Verlierer, mißmutig über die schon gar zu langandauernde Friedenszeit. Wohl waren sie den ganzen Tag beschäftigt gewesen, aber ihre Arbeit hatte ihnen keine Freude gemacht – höchstens waren sie befriedigt, jemanden ins Gefängnis geschickt oder sonst einen Denkzettel erteilt zu haben –, und so haßten sie sich selber und waren gegen die Gegenwart auf dem Kriegsfuß. In mir war geradezu ein Lechzen nach dem einen, ja, christlichen Blick, den ich hätte erwidern können. Idioten, Krüppel, Wahnsinnige, belebt diesen Geisterzug, nur ihr seid die Sänger der Heimat. Und es war dann ein Tier, welches, indem es als das Gleichnis aller Verfolgten der Kleinstädte erschien, mich besänftigte und dem Dörfler hinter dem Kleinstaat das weiteste Land zeigte, mit Steppe, Küste und Meer. In der Dämmerung tauchte plötzlich am Stadtrand ein Hase auf, rannte im Zickzack zwischen Autos und Passanten durch, quer über den Hauptplatz, und war, von niemandem bemerkt, schon wieder verschwunden. Hase, der Gehetzten Wappentier.

Ich ging ihm nach und geriet in eine Spelunke. Ich kannte sie bisher nur vom Hörensagen; sie war verrufen als Treffpunkt der Trunkenbolde. Dort traf ich dann einige aus der Truppe der Bürger wieder. Sie saßen unter den Verkommenen und Entgleisten, und waren verwandelt. Als seien sie endlich in Zivil, strahlten sie Zugänglichkeit und Zutrauen aus. Sie brannten darauf, zu erzählen, nicht nur vom Krieg. In der Erinnerung höre ich von ihnen ein seltsam sanftmütiges Dank- und Klagelied, über die Süße der Kindheit, über die gestohlene Jugend, und sehe sie als Vereinzelte, als Flüchtlinge und Ausgestoßene. Sie waren es, die darunter litten, im Klüngel von ihresgleichen zu sein; sie waren es, die davon träumten, aufgenommen zu werden, nicht von einem noblen Club, sondern von der lärmenden Versammlung hier. Lärmend? Man redete vielleicht durcheinander, aber mir war, als verstünde ich jedes Wort. Mein Hauptbild von der rauchigen Höhle ist das einer überschaubaren Ordnung, geregelt von einem Zusammenspiel zwischen einer einzelnen Ausgelassenheit und einem gemeinsamen, drängenden Ernst. Wo die Kellnerin ging, entstand Platz, und der Arm des Kochs streckte sich mit dem Teller aus dem Dunst wie aus einer Wolke. Das Geräusch der Karten beim Mischen erinnerte an das Schlackern von Hundeohren und das Sausen von Vogelgefieder, das der rollenden Würfel ersetzte die Musik. Sooft das Telefon läutete, hob ein jeder den Kopf, in Erwartung, der Gerufene zu sein. Die Wirtin hinter der Theke hatte Augen, welche nichts überraschen konnte. Eine Bäuerin trat herein, sehr fremd in dieser Umgebung, legte neben ihren über den Tisch gesunkenen Sohn ein Bündel mit dessen frischgewaschener Wäsche und bestellte ein Glas Schnaps für sich selber, für das sie sich dann viel Zeit nahm. Der neben mir fragte, wer ich sei, und bekam es zu hören. Wir standen Schulter an Schulter. Hinten ging der Blick in einen Gemüsegarten, und vorn hinaus auf die Straße, wo die Autos rauschten und ein dunkler Bus einen beleuchteten überholte wie in einer namenlosen freien Großstadt.

Heimweg durch die menschenleere Ebene, unter einem Sternenhimmel ohne Mond. Wie immer, wenn ich mich nach längerer Abwesenheit meinem Dorf näherte, war ich aufgeregt. Es war mir geradezu feierlich zumute. Es zog mich hin, als würde ich von dem Ort magnetisiert, doch ich befahl meinem Herzen die Langsamkeit. Die Nacht war mild, wie selten in der Gegend, und das einzige Geräusch war das Hundegebell hier und dort, welches, obwohl es nirgends mehr einen größeren Bauern gab, an weitläufige Gehöfte erinnerte. Die Sterne waren so zahlreich, deutlich sogar die Spiralnebel, daß die einzelnen Bilder ineinander übergingen und insgesamt eine die Erde überspannende Weltall-Stadt vorstellten. Die Milchstraße erschien als deren Hauptverkehrsader, und die Sterne an der Peripherie säumten die Landebahn des zugehörigen Flughafens; die ganze Stadt bereit zum Empfang. Ich dachte an jenen Berg auf dem Mars, fast doppelt so hoch wie der

Mount Everest, mit den Ausläufern der Himmelssiedlung an seinen Hängen.
Zurück auf die Erde: Von weitem zeigten sich die paar erleuchteten Fenster des Dorfes Rinkenberg wie eingelassen in den gleichnamigen dunklen Hügelrücken; als sei dieser ein vorzeitlicher Bau, umgewandelt in einen modernen Wohnkomplex. An dem Wegdreieck mit dem Milchstand, das die Ortsgrenze markierte, war ich froh, mit dem Seesack, darin die dicken Bücher, beschwert zu sein; es hätte mich sonst in die Lüfte gehoben. Auf den Hausdächern, vor allem den verwitterten Schindeln, ein silbriger Glanz, in dem sie sich krümmten zu Pagoden. Der Wegmacher stand, bloßer Umriß, in seiner Pförtnertür, und seine Begrüßung an mich, eine zittrige Stimme, die erscholl wie aus der entrücktesten Ferne, ohne eine Antwort zu erwarten, hatte den rituellen Klang der Ermahnungen eines Muezzin, hoch oben auf seinem Minarett. Vor einem Anwesen, weit weg von der Straße, am Ende einer Obstbaumallee, saß auf der Bank, Knie an Knie, eine vollzählige Dorf-Familie, vertieft in ein einverständliches Schweigen, wie das in die Menschenwelt übersetzte Inbild der Sommernacht. Ich machte einen Umweg zum Friedhof: Kein frischer Grabhügel (erst bei meinen späteren Heimkünften, da freilich immer wieder). Auf dem Weg zu unserem Haus lief eine Nachbarin an mir vorbei, stumm, mit halb erhobenen Armen; sich einbrennendes Zeichen der Hilflosigkeit. Ich konnte nicht mehr unterscheiden, ob das Rauschen in meinen Ohren von dem Ventilator des Gasthofs oder von meinem Blut kam.
Es war Licht bei uns, in allen Räumen, und auf der Bank im Freien saß die Schwester, allein. Ihr Blick erkannte den Ankömmling zwar, doch er begrüßte ihn nicht. Das Gesicht bot sich dar in einer Verzweiflung, so

rein, daß ich sie zunächst für Seligkeit hielt. Aber, so glaubte ich dann zu verstehen, es war weniger ein Jammer über die sterbende Mutter als die Trauer um den verlorenen Liebsten, jahrzehntalt, unsterblich: »Tänzerin Klageweib«. Nie hatte der Zwanzigjährige eine schönere Frau gesehen. Ich wollte der Schwester das Elend aus dem Gesicht küssen, und, ungeheuerer Vorgang!, wurde dabei erregt vor Erbarmen; sie aber war unberührbar.

Unter dem Spalierbaum lagen die Birnen zuhauf, ungeerntet, verfaulend. Ich trat an das Fenster und erblickte drinnen in der Stube auf dem Bett das Elternpaar. Es war eng umschlungen, nebeneinander, und der Mann hatte das eine Bein auf die Hüfte der Frau gelegt. Sie rollten hin und her, so daß ich abwechselnd das eine und das andre Gesicht sah. Der harte Vater zeigte sich einmal gelöst von Schwäche, endlich an das Herz seiner Frau gesunken, jenen Mantel, unter dem er sich in den Osternächten auf den Kirchenboden ausgestreckt hatte, frischrot auf den Schultern, und die Mutter, die Augen geweitet von Todesangst, wollte von der Umarmung ihres Gemahls am Leben gehalten werden. – Jahre danach fand ich dann an der Stelle des Betts, von einer warmen Sonne beschienen, einen gut gedeihenden Gummibaum, erinnerte mich an den einstigen Schmerzenswinkel, empfand ihn erst recht und sah im voraus den Augenblick, wo das sich rankende Ziergewächs wieder weichen würde einem sich krümmenden Menschenwesen.

Hundertmal ging ich in der Nacht vor dem Haus auf und ab, bis ich eintreten konnte zu den zweien, die ich, ihnen dankbar, geboren zu sein, liebte. – Und immer noch habe ich von dem, was folgte, kein Bild als heiß, riesengroß, meine leeren Hände, damit die Blicke der Eltern empfangend, lebenslang.

Oft in meiner Erzählung habe ich Zahlen erwähnt, Jahreszahlen, Kilometerzahlen, Menschen- und Dingzahlen, und ich habe mich immer dazu überwinden müssen, so als seien Zahlen unvereinbar mit dem Geist der Erzählung. Deswegen soll noch einmal die Rede von meinem märchenschreibenden Lehrer sein. Er ist inzwischen im Ruhestand, und von Zeit zu Zeit besuche ich ihn. Er hat sich vor der Stadt einen Garten angelegt, mit einer Hütte, in der er manchmal sogar über Nacht bleibt, und aus seinem bleichen Historikergesicht ist wieder das gebräunte des Erdkundlers geworden. Seine Mutter lebt noch, eine Greisin, doch ich habe sie, so oft ich auch dort war, noch keinmal zu Gesicht bekommen; noch immer höre ich sie nur durch irgendwelche Türen ihren Einzigen anreden, nicht mehr wie früher mit Worten, sondern mit bloßen Klopfzeichen, denen der Sohn, sie zählend, die Bedeutung entnimmt. Das Märchenverfassen habe er aufgegeben; an dessen Stelle sei das Zählen getreten. Schon in der Kindheit habe er im stillen, oft unbewußt, ständig gezählt. Das sei ihm damals als eine Krankheit erschienen, doch dann, auf seinen Allein-Expeditionen im Urwald von Yucatán, habe er das Zählen, nun bewußt, seiner Schritte, seiner Atemzüge, entdeckt als ein Überlebensmittel; es habe ihm in der Gefahr oft weitergeholfen, ein kräftigerer Zauber als jedes Märchen, und wirksamer als jedes Gebet. Nun, im Alter, fühle er sich, immer empfindlicher gegen die überhandnehmenden öffentlichen Aufschriften und Plakatbilder, beheimatet von den Zahlen, selbst von den Preistafeln und von den Leuchtziffern der Tankstellen. Habe nicht schon der archaische Dichter die Zahl als das allen Schlichen Überlegene bezeichnet? Das Zählen, es mäßige, verlangsame, ordne und umsorge ihn; und er erhole sich dabei von der Schlagzeilenwelt. Und seine heiligen Zahlen seien jene der

Maya: die Neun und die Dreizehn. Neunmal streife er sich vor dem Haus die Schuhe ab; dreizehnmal schüttle er am Morgen sein Polster aus; dreizehn Vögel müßten durch seinen Garten geflogen sein, bevor er sich an die Arbeit mache, neun bräuchte er zum Verschnaufen; neunmal dreizehnmal gehe er abends im Kreis, bevor er sich zum Schlafen lege.

Soweit der alte Mann. – Ich dagegen sehe mich, mag ich auch heute noch sterben, am Ende dieser Erzählung nun in der Mitte meines Lebens, betrachte die Frühlingssonne auf dem leeren Papier, denke zurück an den Herbst und den Winter und schreibe: Erzählung, nichts Weltlicheres als du, nichts Gerechteres, mein Allerheiligstes. Erzählung, Patronin des Fernkämpfers, meine Herrin. Erzählung, geräumigstes aller Fahrzeuge, Himmelswagen. Auge der Erzählung, spiegele mich, denn allein du erkennst mich und würdigst mich. Blau des Himmels, komm in die Niederung herab durch die Erzählung. Erzählung, Musik der Teilnahme, begnadige, begnade und weihe uns. Erzählung, würfle die Lettern frisch, durchwehe die Wortfolgen, füg dich zur Schrift und gib, in deinem besonderen, unser gemeinsames Muster. Erzählung, wiederhole, das heißt, erneuere; immer neu hinausschiebend eine Entscheidung, welche nicht sein darf. Blinde Fenster und leere Viehsteige, seid der Erzählung Ansporn und Wasserzeichen. Es lebe die Erzählung. Die Erzählung muß weitergehen. Die Sonne der Erzählung, sie stehe für immer über dem erst mit dem letzten Lebenshauch zerstörbaren neunten Land. Verbannte aus dem Land der Erzählung, zurück mit euch vom tristen Pontus. Nachfahr, wenn ich nicht mehr hier bin, du erreichst mich im Land der Erzählung, im neunten Land. Erzähler in deiner verwachsenen Feldhütte, du mit dem Ortssinn, magst ruhig verstummen, schweigen vielleicht durch die Jahrhunderte, horchend nach außen, dich versenkend nach innen, doch dann, König, Kind, sammle dich, richte dich auf, stütze dich auf die Ellenbogen, lächle im Kreis, hole tief Atem und heb wieder an mit deinem allen Widerstreit schlichtenden: »Und ...«

W 310–334 [Schluß]

Ich nehme erst richtig wahr in der Wiederholung

GdB 98

Im Lauf eines jeden Tages packt mich tatsächlich eine Sehnsucht nach Wiederholung

GdB 235

Auf dem grauen Acker stand ein Kind mit einem gelben Bogen, von dem ein gelber Pfeil losschnellte und durch den blauen Himmel über den grauen Acker flog. Auf dem Ackerweg lag neben einem beigen Rehbein ein Maulwurf. Zwei Tagpfauenaugen – Empfindung von Purpur – segelten vorüber, und die Augen auf den Flügeln blickten mich an. Der Sandhaufen am Ende des Wegs erschien als Pyramide. Im Holunderbusch lag eine steinerne Kugel, und dahinter gingen zwei südländische Frauen mit Kopftuch und dunklen Pullovern (Licht der Erzählung, Licht der Wiederholung)

PhW 24

Von der öden Wiederholung zur seligmachenden Wiederholung: d. h. die Freude des Wiederholens wird erst möglich, wenn ich, ins Ungewisse aufgebrochen, ratlos bin

PhW 42

Wiederholen (gut wiederholen) kann ich nur das Ereignislose

PhW 56

Ich kann nur das ganz und gar Ereignislose wiederholen, wobei aber doch etwas in den Augenwinkeln mich erfreut hat (das Licht des Tages, oder die Dämmerung); selbst ein Sonnenuntergang ist schon ereignishaft und unwiederholbar; ja ich kann nicht einmal ein bestimmtes Licht wiederholen, oder eine Dämmerung, sondern nur einen *Weg* (und muß dabei auf alle, auch die neuen, Steine gefaßt sein)

PhW 57

Der Mythos besteht aus Wiederholungen: vergleichbare Geschehnisse mit verschiedenen Personen an verschiedenen Orten zu verschiedenen Zeiten

PhW 83

Den Mythos (die Wiederholung) ein*bürgern*

PhW 88

Abschied des Träumers vom Neunten Land
Erinnerung an Slowenien
1991

Es sind vielerlei Gründe genannt worden für einen eigenen, regelrechten Staat mit Namen »Republik Slowenien«. Damit diese Gründe mir aber im einzelnen denkbar, oder faßbar, oder eingängig würden, müßte ich sie erst einmal sehen; das Hauptwort »Grund« kann, für mich jedenfalls,

nur bestehen zusammen mit dem Zeitwort »sehen«. Und ich sehe keinen Grund, keinen einzigen – nicht einmal den sogenannten »großserbischen Panzerkommunismus« – für den Staat Slowenien; nichts als eine vollendete Tatsache. Und ebenso sehe ich nicht die Gründe für einen »Staat Kroatien«. Diese andere Tatsache freilich geht mich weniger an (doch nicht einmal dessen bin ich mir sicher). Das Land Slowenien und die zwei Millionen Köpfe des slowenischen Volks hingegen betrachte ich als eine der wenigen Sachen, welche bei mir zusammengehören mit dem Beiwort »mein«; Sache nicht meines Besitzes, sondern meines Lebens.
Damit spiele ich mich keineswegs als »Slowene« auf. Zwar bin ich in einem Kärntner Dorf geboren, wo seinerzeit, im Zweiten Weltkrieg, noch die Mehrheit, nein, die Gesamtheit österreichisch-slowenisch war und auch in der entsprechenden Mundart miteinander verkehrte, und meine Mutter sah sich, beeinflußt vor allem durch den ältesten Bruder, der, jenseits der Grenze, im jugoslawisch-slowenischen Maribor den Obstbau studierte, in ihrer Mädchenzeit als eine aus jenem Volk (später, nach dem Krieg, nur noch unter anderm); aber mein Vater war ein deutscher Soldat, und Deutsch ist meine Sprache geworden, durch die erste Kindheit in Ost-Berlin und, auf andre Weise, durch die anschließende, in dem »mit der Zeit« mehr und mehr verschwindenden und verklingenden alten Slowenendorf, das selbst die Bewohner endlich nur noch zum Spaß »Stara Vas« hießen; dem Kind aus der deutschen Großstadt waren die slawischen Urlaute ein Greuel in den Ohren, es fuhr bei Gelegenheit sogar der eigenen Mutter deswegen über den Mund, gerade ihr.

Im Lauf der Jahre, vor allem wohl, indem ich Bilder bekam, *erzählt* bekam von den slowenischen Vorfahren, wurde das anders, wie es natürlich ist (oder natürlich sein sollte). Ein

»Slowene« jedoch wurde ich nie, nicht einmal, obwohl ich die Sprache inzwischen halbwegs lesen kann, ein »halber«; wenn ich mich heutzutage in so etwas wie einem Volk sehe, dann in jenem der Niemande – was zeitweilig heilsam sein kann, zeitweise heillos ist (in den Momenten, da ich mir selbst die Zusammengehörigkeit der über den Erdball streunenden Niemande nicht mehr einbilden kann).
Und trotzdem habe ich mich in meinem Leben nirgends auf der Welt als Fremder so zu Hause gefühlt wie in dem Land Slowenien. Lange Jahre ging es mir dort so, über ein Vierteljahrhundert, bis ich schon glaubte, auf diese Sache sei einmal Verlaß, und an den dortigen Orten gebe es in der Tat, anders als den trügerischen der Kindheit, aus der ich und du uns entgegen dem romantischen Gerücht mir nichts dir nichts vertrieben sahen, so etwas wie eine Dauer.
Zu Hause in Slowenien, Jugoslawien? In der Wirklichkeit. Es war das genaue Gegenteil zu jener Unwirklichkeit, wie sie in Grausen versetzt den Schreiber der »Briefe eines Zurückgekehrten« (Hofmannsthal), welcher nach langer Abwesenheit von seinen deutschen Landen vor keinem einzigen Gegenstand da mehr dessen Existenz fühlt: Kein Krug wirkt mehr als Ding Krug, kein Tisch steht mehr da als Tisch; sämtliche Dinge in dem Gebiet Deutschland erscheinen dem Zurückgekehrten als »gegenstandslos«. Wie gegenständlich aber wurden dafür mir durch die Jahre, jedesmal, gleich beim wiederholten Überschreiten der Grenze, die Dinge in Slowenien: Sie entzogen sich nicht – wie das meiste inzwischen nicht bloß in Deutschland, sondern überall in der Westwelt –, sie gingen einem zur Hand. Ein Flußübergang ließ sich spüren als Brücke; eine Wasserfläche wurde zum See; der Gehende fühlte sich immer wieder von einem Hügelzug, einer Häuserreihe, einem Obstgarten begleitet, der Innehaltende dann von etwas ebenso Leibhaftigem umgeben, wobei das Gemeinsame all dieser Dinge die gewisse herzhafte Unscheinbarkeit

gewesen ist, eine Allerwelthaftigkeit: eben das Wirkliche, welches wie wohl nichts sonst jenes Zuhause-Gefühl des »Das ist es, jetzt bin ich endlich hier!« ermöglicht.

Über die Einzelheiten hinaus ist eine lange Zeit das ganze Land als solch ein Ding wirksam gewesen, als ein Land der Wirklichkeit, und, wie mir schien, nicht allein für den Besucher, auch für die Ansässigen; wie sonst wären sie einem so ungleich wirklicher begegnet, in ihrer Art zu gehen, zu reden, zu schauen und vor allem zu übersehen, als die Völker jenseits seiner Grenzen, der italienischen ebenso wie der österreichischen? In dem Land Slowenien und bei den Slowenen habe ich mich in der Tat immer wieder als ein Gast der Wirklichkeit fühlen können, da beim Wein (des Karstes oder der Windischen Bühel), da beim Kirchturm (von Hrastovlje auf Istrien oder von Sveti Janez am Wocheiner See), da im Bus (von Tolmin nach Nova Gorica, von Ljubljana nach Novo Mesto, von Koper nach Divača), da im herzhaft kargen Gastzimmer von Most na Soči oder Vipava, da beim Sich-Öffnen der Ohren für das so dingnahe, so sanftmütige, so ungekünstelt-anmutige Slowenisch – auch das gab Wirklichkeit – allüberall im Land.
Daß dergleichen Erfahrungen auch meine Einbildung oder Vorsogar überhaupt ein Trug sein könnten: Nicht erst die Vorfälle des Juni und Juli 1991 jetzt, von den Slowenen selbst teils mit Trauer, teils mit Stolz – eher mehr mit diesem – »vojna«, Krieg, genannt, gaben mir das zu bedenken. Hofmannsthals Brief-Erzählung von der Unwirklichkeit, oder Unvorhandenheit, oder Unbeschreiblichkeit der Dinge in den deutschen Räumen ist entstanden einige Jahre vor dem Ausbruch des Ersten Weltkriegs. Und ähnlich erging es, seit einiger Zeit schon, auch mir mit den zuvor so gegenwärtigen slowenischen Dingen, Landschaften, dem ganzen Land. Die Geschichtslosigkeit, welche jenes reine Gegenwärtigsein vielleicht ermöglicht hatte, war

Schein gewesen (wenn auch ein fruchtbarer?); höchstens handelte es sich um eine kleine Pause in der Geschichte (oder unsrer unselig-ewigen Zwanghaftigkeit?). Slowenien gehörte für mich seit je zu dem großen Jugoslawien, das südlich der Karawanken begann und weit unten, zum Beispiel am Ohridsee bei den byzantinischen Kirchen und islamischen Moscheen vor Albanien oder in den makedonischen Ebenen vor Griechenland, endete. Und gerade die offensichtliche slowenische Eigenständigkeit, wie auch der anderen südslawischen Länder – Eigenständigkeit, die, so schien es, nie eine Eigenstaatlichkeit bräuchte –, trug in meinen Augen zu der selbstverständlichen großen Einheit bei. Diese bestand nicht nur geographisch, etwa im Karstkalk, der sich von dem Berg Trstelj nördlich von Triest hinab über die gesamte dinarische Platte zog, sondern auch, besonders, gerade, als historische. Zwei Daten in diesem Jahrhundert waren es, welche, glaubte ich, die so verschiedenen jugoslawischen Völker einigten und auf Dauer einighalten müßten: ihr eher ungezwungenes, für viele sogar enthusiastisches Zusammenfinden 1918, mit dem Ende des Habsburgerreichs, erstmals in einem eigenen Reich, wo die einzelnen Länder keine schattenhaften Kolonien mehr, die einzelnen Sprachen kein Sklavengemunkel mehr zu sein bräuchten; und im Zweiten Weltkrieg dann der gemeinschaftliche Kampf der Völker Jugoslawiens, auch der unterschiedlichen Parteien und der einander widersprechenden Weltanschauungen – ausgenommen fast nur die kroatischen Ustascha-Faschisten –, gegen das Großdeutschland.
(Immer wieder habe ich in den slowenischen Dörfern die kleinen Gruppen der alten Männer als Zeugen einer ganz andern als unsrer, der deutschen und österreichischen Geschichte, eben der des großen widerständischen Jugoslawien gesehen und dieses, ich kann's nicht anders sagen, um seine Geschichte beneidet.)

In den vergangenen Jahren jedoch, so oft ich nach Slowenien kam, wurde dort, zuletzt mehr und mehr, eine neue Geschichte verbreitet. Neu? Es war die altväterische, aber mit der Zeit neu gewendete Sage von »Mitteleuropa«. Und diese, anders als die der schweigsamen Veteranen, hatte statt der sporadischen Erzähler gruppenweise Sprecher, mehr und weniger lautstarke. Oder so: Auch hier, zur Geschichte Mitteleuropa, hatte es zunächst die Erzähler gegeben, und deren Stelle nahmen inzwischen fast ausschließlich die Sprecher ein; oder: Die ursprünglichen Erzähler selber, manchmal meine Freunde, hatten, zur Unkenntlichkeit verändert, die Rolle von Sprechern eingenommen. Und dieses historisierende Sprechertum vor allem, verlautbart aus vielen Mündern, in Zeitungen, Monatsschriften, bei Symposien, war es wohl, das dem Gast Sloweniens die Landesdinge jedesmal stärker entrückte in die erwähnte Unwirklichkeit, Ungreifbarkeit, Ungegenwärtigkeit.
Nicht, daß etwa Slowenien für mich vorher, politisch gesehen, »der Osten« gewesen wäre. Und es lag mir auch nie, mochte das zwar der Himmelsrichtung nach stimmen, im Süden; es war, anders als Italien, kein Südland (aber auch in Kroatien, in Serbien, in Montenegro fühlte ich mich keinmal »im Süden«). Und ebenso nicht, obwohl unsere österreichischen Grenzwacht-Zeitungen das ihren Lesern, zumindest vor dem Umschwung der letzten Jahre, gleichsam auf Dauer weiszumachen versuchten, begann in Jesenice, in Dravograd oder in Murska Sobota bereits »der Balkan«. Aber welch erwachsener Leser verbindet heutzutage überhaupt noch etwas Wirkliches mit solch einem Wort?
Nirgends in Bosnien und der Herzegowina, auch nicht im Kosovo, zu Fuß unterwegs, in Bussen und Zügen, kam mir jemals dieses blödsinnige Schlägerwort in den Sinn, geschweige denn über die Lippen; ginge es um dergleichen

Parolen, müßte man zum Beispiel die serbischen Intellektuellen aus Beograd geradezu als die Zwillinge ihrer Kollegen in Paris oder New York bezeichnen, so telepathisch sind sie mit diesen verbunden in der jeweiligen Theorie des Tages, ob es nun jene der »Schnelligkeit« oder der »Chaos-Forschung« ist, und wenn ich meinem werten Genossen und Übersetzer Žarko Radakovič – Novi Sad/Beograd/Tübingen/Köln/Seattle – beiläufig erzähle, ich sei zu Fuß den Oberlauf der Soča (des Isonzo) entlanggegangen, wird er mir im Handumdrehen seine neue groß- und kleinserbische Theorie »Vom Wandern an Flüssen« auftischen und dazu auch schon eine internationale Anthologie – Beiträger George Steiner, Jean Baudrillard, Reinhold Messner – vorbereiten. Wie traurig, und auch empörend, wenn jemand wie Milan Kundera noch heute, vor ein paar Wochen, in einem von *Le Monde* veröffentlichten Aufruf zur »Rettung Sloweniens« dieses, zusammen mit Kroatien, vom serbischen »Balkan« abgrenzt und es blind jenem gespenstischen »Zentraleuropa« zuschlägt, dessen kaiserliche Herren doch einst auch sein slawisches Tschechisch, aus dem Jan Skácel von Brno später dann die zartesten Gedichtpsalmen des zwanzigsten Jahrhunderts schöpfte, als barbarisches Kauderwelsch abtun wollten!
Nein, Slowenien in Jugoslawien, und *mit* Jugoslawien, du warst deinem Gast nicht Osten, nicht Süden, geschweige denn balkanesisch, bedeutetest vielmehr etwas Drittes, oder »Neuntes«, Unbenennbares, dafür aber Märchenwirkliches, durch dein mit jedem Schritt – Slowenien, meine Geh-Heimat – greifbares Eigendasein, so wunderbar wirklich auch, wie ich es ja mit den Augen erlebte, gerade im Verband des dich umgebenden und zugleich durchdringenden – dir entsprechenden! – Geschichtsgebildes, des großen Jugoslawien.
Und nun wich das urslowenische Märchen vom Neunten Land Jahr für Jahr mehr zurück vor dem Gespenstergerede

von einem Mitteleuropa. Solch Gespenst geisterte zwar auch jenseits der nächsten Grenzen, zog da freilich – von den edlen Hintergedanken der Alt-Wiener, -Steirer und -Kärntner einmal zu schweigen – eher gleichsam an einem »Heimdreh«-Strang: so wie die österreichische Redensart von den Selbstmördern besagte, sie drehten sich, mit dem Strick, »heim«, so schienen auch diese und jene italienischen Friulaner oder Triestiner, mit ihren Festfeiern jährlich zum hundertsoundsovielten Geburtstag des Kaisers Franz Joseph, ihre wirklichen Lebensräume »heimzudrehen« (oder war das vielleicht bloß ein ironischer Ersatz für etwas in Wahrheit längst Ausgeträumtes?). Im Lande Slowenien jedoch griff das Gespenst ein in die Wirklichkeit. Und die mit ihm durch die Landschaft zogen, das waren keine Altvordern oder Weinwinkelexistenzen, sondern was man üblich »helle Köpfe«, »die Nachdenklichen«, »die Stillen« nennt; Wissenschaftler, Poeten, Maler.

Einmal im Jahr trafen sich zum Beispiel, etwa von der Mitte des letzten Jahrzehnts an, solche auf der slowenischen Karsthochfläche in Lipica, zuerst vor allem um der Kunst und des schönen Drumherumredens (und Herumsitzens) willen. Doch von Jahr zu Jahr mehr verflüchtigte sich das ursprüngliche Einander-Vorlesen usw. zu einem raschen, hundertköpfigen Defilée, in dem es unmöglich wurde, ein Ohr zu haben für auch nur ein einziges Gedicht, und die Mitte der Veranstaltung nahm ein das dazu passende Gespenst, in dessen Bann, im Scheinwerferlicht, vor Mikrophonen, simultan gedolmetscht für die ungarischen, polnischen, sorbischen (immer seltener serbischen), dann auch schon litauischen, niedersächsischen, Frankfurter, Pariser, Mailänder Tagungsteilnehmer, meine slowenischen Vorjahresfreunde die Sonorität von Rundfunksprechern, das Brauenzucken von Fernsehkommentatoren, das hintersinnige Mienenspiel von Politikern nach großen Entscheidungen annahmen (erst abends beim Wein erkannte

ich sie als die einzelnen wieder – und immer häufiger nicht einmal dort).
Das begann einige Jahre nach dem Tod Titos, und es kommt mir jetzt vor, eine große Zahl, jedenfalls die Mehrheit, innerhalb der nördlichen Völker Jugoslawiens, habe sich den Zerfall ihres Staates von außen einreden lassen.
Noch im nachhinein bleibt es frecher Unsinn, wenn der mit Informationen prunkende, dabei großmäulig-ahnungslose *Spiegel* in seiner Titelstory Jugoslawien ein »Völkergefängnis«! heißt, und wenn die Finstermännerriege der deutschen *Frankfurter Allgemeinen* einen ihrer erfahrungslosen Maulhelden von der Kärntner Grenze reportieren läßt, die deutschen Österreicher dort hätten mit ihrer slowenischen Minderheit immer in gutem Einvernehmen gelebt – eine schlimmere Travestierung des im Land der Drau seit sieben Jahrzehnten geschehenen und immer weitergehenden Sprach- wie Identitätsraubzugs gegen das eingesessene Slowenenvolk, mit Großdeutschland als dem Meisterbanditen, könnte höchstens noch das entsprechende Weltblatt vom Planeten Mars erfinden.
Nein, eine persönliche Erfahrung war das Auseinanderfallen des sogenannten »Tito-Reichs« offensichtlich für keinen einzigen Slowenen – jedenfalls ist mir, so wie ich auch nachforschte, keinmal einer begegnet; was ich hörte, empfand ich als Nachgeplapper. Längst war der Kommunismus fast nur noch Legende. Die Praxis in Slowenien, sowohl in der Kultur wie auch, vor allem, in der Wirtschaft, war liberal. Nur mit Zorn und Widerwillen konnte ich aufnehmen, wie jüngst die westlichen Medien einen Typen als Helden hinstellten, der in Ljubljana herumsaß mit einem Schild »Das Leben gebe ich her, nicht aber die Freiheit«. Die Slowenen waren frei wie ich und du, innerhalb der Gesetze, die schon lange nicht mehr ausgelegt wurden als die eines autoritären Staates (mit Ausnahmen, wie auch »bei uns«); gewerbefrei, wohnsitzfrei, schrift- und redefrei.

Und das Unrecht der serbischen Führung, das faktische Entziehen der Autonomie des vor allem albanischen Kosovo, war da noch lang nicht geschehen.
Ein slowenischer Bekannter sagte mir dazu gerade, was das serbische Parlament vor eineinhalb Jahren mit der Region von Pristina angerichtet habe, sei »der Anfang« gewesen, und daher, um dem weiteren zuvorzukommen, die Gründung des Staates Slowenien. Aber genügt schon, von einer (1) Völkerrechtswidrigkeit zu sagen: »Das war nur der Anfang«, um selbst eine Vertragsverletzung – und so sehe ich das eigenmächtige Abstimmen und Befinden über einen Austritt aus einem doch von den jugoslawischen Völkern gemeinsam beschlossenen Bundesstaat – zu begehen? Und die, entsprechend der Bevölkerungszahl, serbische Übermacht in dem Staatsapparat Jugoslawien hat die kleine slowenische Teilrepublik zwar vielleicht hier und da schikaniert oder übervorteilt oder niedergeredet, aber doch, jedenfalls nicht daß ich wüßte, keinmal in der Geschichte nach dem Zweiten Weltkrieg gegen sie einen solchen Völkerrechtsbruch gesetzt, der es Slowenien erlaubte, von sich aus, wie es geschah, den historischen Staatsvertrag für nichtig geworden zu erklären. Ein andrer slowenischer Bekannter gab dazu sogar an, es sei im Land unerträglich geworden, daß in der jugoslawischen Armee nur Serbisch und nicht auch Slowenisch »Befehlssprache« sein könne.

Nein, das zunehmende Wegdriften so vieler Slowenen von ihrem großen Jugoslawien, »hin zu Mitteleuropa«, oder »zu Europa«, oder »zum Westen«, nahm ich lange als bloße Laune. So hörte ich immer öfter, und jedesmal seltsamer berührt, von Bekannten, aber auch von Wildfremden, auf den Straßen und Brücken von Ljubljana oder Maribor, wo die Flüsse wie je auf die Donau in Beograd zuströmten, Slowenen und Kroaten sollten an den Südgrenzen eine »Mauer« gegen die Serben, die »Bosniaken« usw. errichten, höher noch als die in Berlin – es gab diese da noch –, »zwei Stockwerke hoch!« Und wenn ich nach den Gründen fragte, beschlich es mich dumm-bekannt bei: »Die unten arbeiten nicht – die im Süden sind faul – nehmen uns im Norden die Wohnungen weg – wir arbeiten, und sie essen.« Ein weniges davon mag verständlich sein, vielleicht, nicht aber in dieser Form; denn kein Besinnungswort fiel von der so viel günstigeren Transport- und Handelslage, dem fruchtbareren Boden. Ganz gewiß freilich gab es ein zunehmendes Ungleichmaß im Tragen der Staatslasten, zwischen Nord und Süd, wie auch wohl anderswo. Nur: wie konnte das als Anlaß gelten, sich launenhaft, eilfertig und trotzig-dünkelhaft loszusagen von dem immer noch weiträumigen Himmel über einem trotz allem wohlbegründeten Jugoslawien? Anlaß, oder gar bloße Ausrede?

Denn nichts, gar nichts, drängte bis dahin in der Geschichte des slowenischen Lands zu einem Staat-Werden. Nie, niemals hatte das slowenische Volk so etwas wie einen Staatentraum. Und der slowenische Staat, jedenfalls bis zur Gewalt der Armeepanzer und -bomber, hatte, aus sich selbst, nicht das Licht einer Idee (Jugoslawien hatte es). Und kann jetzt aus der Gewalt und dem Widerstand allein eine solche Idee wachsen, lebenskräftig auf Dauer? Ich frage: Ist es möglich, nein, notwendig, für ein Land und ein Volk, heutzutage, unvermittelt, sich zum Staatsgebilde zu erklären (samt Maschinerie Wappen, Fahnen, Feiertag, Grenzschranken), wenn es dazu nicht *aus eigenem* gekommen ist, sondern ausschließlich als Reaktion *gegen* etwas, und dazu etwas von *außen,* und dazu noch etwas zwar manchmal Ärgerliches oder Lästiges, nicht aber tatsächlich Bedrängendes oder gar Himmelschreiendes? (Das letztere, ob erfahren oder erlitten durch die Herrschaft erst von Österreichern, dann Deutschen, war es ja, was dem Staat

Jugoslawien sein Pathos und seine Legitimität gab, und auch jetzt weiterhin geben sollte.)
Slovenski narod, narod trplenja – »slowenisches Volk, Volk des Leidens« –, so hieß es mit Recht bis zum Ende des Zweiten Weltkriegs. Dergleichen jedoch durfte danach kein Slowene im Verband Jugoslawiens von seinem Volk mehr denken. Ist das die Neumoderne: Staatengründung aus bloßem Egoismus, oder eben aus purer und wenn auch noch so verständlicher schlechter Laune gegenüber dem Bruderland? (Nein, nicht »Cousins«, wie man gesagt hat, sondern in der Tat »Brüder«.) Hat das slowenische Volk sich das Staat-Spielen nicht bloß *ein*reden lassen – welch kindliches Volk, welch kindischer Staat –, wozu es dann auch keine Begründungen geben kann, nur *Aus*reden, selbst den, in diesem Fall besonders blödsinnigen Slogan »Small ist beautiful«? Weist nicht auch darauf hin, daß auf das Ernstmachen des Spiels, die Staatsausrufung, die Bevölkerung weit eher mit Mulmigkeit reagierte als mit Begeisterung?
Diese dagegen, und ich habe das auf meinen Wegen immer wieder gesehen, herrschte und dauerte, wenigstens ein paar Jahre nach Titos Tod, für den Staat Jugoslawien. Und es war keine Ideologie mehr, die das bewirkte, kein Titoismus, kein Partisanen- oder Veteranentum. Es war besonders der Enthusiasmus der Jungen, aus den verschiedenen Völkern; am stärksten sichtbar, wo sie, in gleichwelchem Land, miteinander zusammentrafen. Und jene Gemeinsamkeit erschien dem Festgast nirgends als ein zwanghaftes Reihenschließen, Zusammenrücken von Verschwörern oder als Ball in einem Waisenhaus: sie wirkte natürlich, »selbstredend«, offen nach allen Himmelsrichtungen; wenn jene Zusammenkünfte etwas von Schlußfeiern hatten, dann allein, indem sie einen darauffolgenden Aufbruch bezeichneten, eines jeden in dem Reigen auf seine eigene Weise. Damals geschah es, daß ich diese

slowenischen, serbischen, kroatischen, makedonischen, herzegowinischen Studenten, Arbeiter, Sportler, Tänzer, Sänger, Liebhaber – ein jeder dünkte mich als das alles in einem – um ihre Jugend herzlich beneidete, und damals war es auch, daß Jugoslawien mir das wirklichste Land in Europa bedeutete. Episode. Aber es ist mir unvorstellbar, daß diese für die seinerzeit im Zeichen einer Gemeinsamkeit Aufgebrochenen, auch wenn sie im Augenblick einzeln, für sich, hinter die jeweiligen Grenzhecken postiert sind, inzwischen so mir nichts, dir nichts unwirklich, ungültig, nichtig geworden ist.

Ja, die neuen Grenzen in Jugoslawien: Ich sehe sie, statt nach außen, viel mehr, bei jedem der jetzigen Einzelstaaten, nach innen wachsen, hinein ins jeweilige Landesinnere; wachsen als Unwirklichkeitsstreifen oder -gürtel; hineinwachsen zur Mitte, bis es bald kein Land, weder slowenisch, noch kroatisch, mehr gibt, ähnlich wie im Fall Monte Carlo oder Andorra. Ja, ich fürchte, eines Tages in der »Republik Slowenien« kein Land mehr schmecken zu können, wie in Andorra, wo die kreuz und quer in die Pyrenäenfelsen gesprengten Geschäftsstraßen noch das letzte Stück Weite – dicht auf dicht eingegrenzt von gleichsam aus Manhattan als Verlängerung der Park- oder der Fifth Avenue in das Gebirge betoninjizierten Waren- und Bankmeilen –, und schon seit langem jeden Geschmack von Land, Gegend, Raum, Ort und Wirklichkeit erstickt haben; statt des Anhauchs der Kultur der Schwefel und Schwafel einer längst entseelten Folklore.

Freilich wird hier und dort gesagt, der Staat Slowenien sei nur ein Stadium auf dem Weg zu einem ganz anderen, erneuerten Jugoslawien. Aber wer sind die in dem Land, eine Tatsache, welche unter dem Namen »Unabhängigkeit« oder »Freiheit« umläuft, wieder rückgängig zu machen? Tatsache, unverrückbar erscheinend durch die zwei zusätzlichen Bleigewichte, einmal der Panzer und Bomben auf der einen Seite – nie werden die wohl aus den Sinnen der Slowenen, vor allem der Kinder von 1991, gehen –, und als zweites dann das Verhalten der slowenischen Grenzschützer, von denen unselig viele, anders, ja, als ihre plötzlich gegen sie kriegspielenmüssenden Altersgenossen (oder waren diese nicht eher um einiges jünger?), so sehe ich das, im Handumdrehen bereit zum Töten waren: nicht bloß die so unterschiedlichen Zahlen der Umgekommenen auf den beiden Seiten sagen das, sondern auch die Bilder, etwa das der mit einer weißen Fahne aus einem umzingelten Grenzerhaus tretenden Bundessoldaten, von Unsichtbaren auf der Stelle umgeschossen, oder vom Strahlen eines Heimwehrmanns, wie er, laut dem mit ihm mitstrahlenden österreichischen Tagblatt, von seinem »ersten Toten, einem 18jährigen Makedonier«, erzählt – auch das, das blindwütige Killen, samt gebleckten Killermienen, wie soll es dem, der es mit Augen gesehen hat, je aus dem Sinn gehen? Hat jenes Jugoslawien, welches doch mit dem Zweiten Weltkrieg dem entkommen zu sein schien, was man »Fluch der Geschichte« nennt, nun seinen speziellen Fluch?

Ein Schimmer Hoffnung, zugleich zum Lachen – so als gehörten Hoffnung und Lachhaftigkeit in diesem Fall zusammen –, kam mir vor kurzem beim Gehen in Paris mit einem slowenischen Wegkumpanen, wie er da, obwohl traurig einverstanden mit der Umwälzung in seinem Land, die ihm aus der Armeezeit bekannte serbische Befehlssprache ins Slowenische zu übertragen versuchte. Es gelang ihm nicht. Was im ersten Idiom sofort geläufig und selbstverständlich aus ihm schallte, trompetete, knarrte, zischte, peitschte, schnellte, verlor in seinem angeborenen jeden Rhythmus, sträubte sich gegen das Laut-Werden, bog sich, gleichsam instinktiv, wie bei Kafka die Kinder, die »unter dem Wind« laufen, weg von der Aufgerecktheit, kam mit

jeder Silbe aus dem Marschtritt, wich aus vor dem Marschblasen, bauschte und buchtete sich zur Melodie, bis der Sprecher seine slowenischen Befehlsversuche schließlich belustigt-schicksalsergeben abbrach.
Es war dasselbe grauhaarige Kind Sloweniens, das, vor zwei Wochen noch, im heimatlichen Vipava-Tal, an der Hand seine 10jährige Nichte, Ohrenzeuge des Bombengetöses auf den heiligen Berg Nanos, mir dann erzählte: »In der ganzen bisherigen slowenischen Geschichte war stets nur die Mutter da. Unser Vater hat immer geschlafen. Innen im Berg, du weißt schon. Ist höchstens kurz aufgetaucht, wie ein Traumwandler, gestern hier, morgen dort, du weißt schon, König des Neunten Lands, und gleich wieder verschwunden. Jetzt ist der Vater aufgewacht.« Und der Erzähler hob an zu kichern, und kicherte weiter, während seines gesamten Heimwegs auf der *Avenue du Général Leclerc,* weniger und weniger slowenisches Kind, mehr und mehr dort landesüblicher Kobold: »Aber ob das je seiner Kinder Wunsch war?«

LiSch 182–197

VII
Nachmittag eines Schriftstellers
1987

6

Obwohl doch nichts Besonderes sich ereignet hatte, war ihm danach, als habe er für diesen Tag schon genug erlebt – sich das Morgen gesichert. Er brauchte für heute keinen Zusatz mehr: weder einen Anblick noch ein Gespräch, und schon gar keine Neuigkeit. Nur noch ausruhen, die Augen schließen, weghören; nichts mehr unternehmen als ein- und ausatmen. Er wollte, es wäre schon Schlafenszeit. Nicht mehr im Licht und im Freien sein, sondern im Dunkeln, im Haus, in der Kammer. Aber er hatte auch genug vom Alleinsein; es war ihm dabei, mit der Zeit, als durchlebe er alle möglichen Spielarten des Wahnsinns und als platze ihm schließlich der Kopf. Und hatte er nicht vor Jahren, als er jeden Nachmittag nur für sich gegangen war, auf Seitenwegen, von keiner Menschenseele wahrgenommen, mit einer seltsamen Beklommenheit von sich geglaubt, er habe sich in Luft aufgelöst und existiere nicht mehr? So – zum einen, um nichts mehr zu erleben, und zum anderen, um sich zu vergewissern, daß er nicht verrückt war, sondern im Gegenteil, wie er es in Gesellschaft immer wieder erfahren hatte, einer der wenigen halbwegs Gesunden – kehrte er jetzt ein in jenes Gasthaus am Stadtrand, das er bei sich »die Kaschemme« nannte. Es lag an einem Straßendreieck und war während der Monate der Arbeit in Abständen sein Ziel gewesen. Er hatte dort sogar seinen Platz, in einer Wandnische, in der

Nachbarschaft der Jukebox, mit Ausblick auf die Kreuzung und die Gebrauchtwagen-Landschaft dahinter. Doch als er sich diesmal durch das Getümmel gedrängt hatte, erwies sich seine Nische als zugemauert. Für einen Augenblick war ihm, er habe das Lokal verwechselt und sei am falschen Ort – bis er, eins nach dem andern, die Gesichter erkannte, die nur in den gewissen Raum hier gehören konnten, in das künstliche Licht und den Rauch hier. (Wären sie ihm bei Tag begegnet, im Zentrum, als einzelne, hätte er nicht gewußt, wohin mit ihnen.) Indem er sich irgendwo dazusetzte und in die Runde blickte, fielen ihm von einem jeden dieser Leute wieder irgendwelche Besonderheiten ein. Von nicht wenigen hatte er ihr ganzes Leben erfahren und schon am folgenden Tag das meiste vergessen gehabt. Was er dagegen behielt, das waren bestimmte Wendungen, Ausrufe, Gesten und Tonfälle. Der erste hatte einmal den Spruch geprägt: »Wenn ich im Recht bin, rege ich mich auf – wenn ich im Unrecht bin, lüge ich«; der zweite ging Sonntag für Sonntag zur Messe, weil es ihm dort regelmäßig kalt über den Rücken lief; die dritte bezeichnete jeden ihrer wechselnden Liebhaber als »meinen Bräutigam«; von dem vierten war einmal, seine Zuhörer mit Speicheltropfen übersprühend, der Aufschrei gekommen: »Ich bin verloren!«; von dem fünften, der ständig zu wiederholen pflegte, er habe im Leben alles erreicht, war ihm insbesondere eine Berührung am Handgelenk im Gedächtnis geblieben, ein Anstupsen von einer Zartheit, wie sie nur ein Mensch in Angst zu verzweifeln aufbrachte ... Diese Gesellschaft war so unbestimmt, wie der Ort selber unbestimmt war: In dem einen der beiden Säle die Hirschgeweihe neben dem Farbbild einer Dschunke; in dem andern die Stuckdecke einer Villa über einem leicht erhabenen ländlichen Tanzboden. Selbst der Stammtisch in einem der Winkel, klobig wie überall, war zwar besetzt von den Immergleichen, ohne daß diese aber unter sich etwas gemein hatten: der Vertreter im Seidenanzug saß neben dem früheren Wirt, in Filzschuhen, der jetzt eines der Zimmer im Obergeschoß bewohnte; dessen Nachbar war ein Heimkehrer aus der Fremdenlegion, inzwischen in die Uniform eines »Objektschützers« gewechselt; und sein Gegenüber ein arbeitsloser Schiffssteward, immer im Läuferdress, mit seiner Braut, einer Krankenpflegerin (unter dem Stuhl ein Motorradhelm). Jeder andere in den zwei Räumen hätte ebenso an diesen Tisch gepaßt. Gemeinsam war ihnen allen wohl nur, daß ein jeder schon oft daran gedacht hatte, über sein Leben, »von der Geburt an!«, ein Buch zu schreiben, ein mindestens tausendseitiges. Sowie man jedoch nachfragte, kam in der Regel nur eine kleine Begebenheit, oder ein bloßer Blick aus dem Fenster, etwa auf eine brennende Hütte in der Nacht, oder die Lehmflüsse im Weg nach einem Gewitter, freilich oft in einem so inbrünstigen Ton, als stünden diese Nebensächlichkeiten für das ganze große Leben.

Der Abend in der Kaschemme begann für ihn gut. Man tat, als bemerkte man ihn nicht, und machte ihm zugleich, wo er auch stand oder ging, geradezu übertrieben Platz. Sie wußten inzwischen, daß er nicht hierherkam, um sie zu beobachten oder »Stoff zu sammeln«, sondern weil er wahrscheinlich eine ebensolche Rand-Existenz war wie sie. Die Tasten der Jukebox drückend, empfand er nach dem Wortsuch-Tag die Wohltat der bloßen Zahlen. Noch ehe das Lied einsetzte – es war ihm jetzt nach dem Gesang einer Frauenstimme – übertrug das Gerät auf ihn sein Surren und dann Schüttern. Auch wenn von der Musik fast nichts durch den Lärm drang, erkannte er manchmal jenes einzelne Intervall, das ihm genügte. An dem Spielertisch blickte einer immer wieder zum unsichtbaren Himmel, während die andern, ihr Blatt fest in den Händen, ihn in den Augenwinkeln behielten. An dem Tisch nah der Tür warteten die Pendler auf den letzten Bus zurück in ihre Dörfer. Auf dem einen unbesetzten Tisch stand das Schild »Reserviert«, und er war sogar gedeckt, in Erwartung einer Gesellschaft, die sichtlich etwas zu feiern hatte; denn die Wirtstochter, eine Zeitlang zur Lehre gewesen in einem ganz anderen Haus, zauberte große weiße Servietten da hin; ließ sie im Aufstellen jeweils sich entfalten wie Fächer. Die Katze, die auf der Fensterbank zwischen den Topfpflanzen schlief, ähnelte so sehr seiner eigenen, daß er zunächst glaubte, diese sei ihm hierher vorausgelaufen. Durch den Vorhangspalt war die stetige Folge der Abendbusse zu sehen, gedrängt voll von den Sitzenden und den Stehenden, und durch die bedunsteten Scheiben gab sich in dem einen Augenblick jedes Einzelgesicht in seiner Verschiedenheit zu erkennen. Dem Betrachter kam dabei jener Sommerbaum vor seinem Zimmerfenster in den Sinn, an dem sich einmal, als er nach langer Versenkung vom Papier weg zu ihm aufgeschaut hatte, ebenso jedes einzelne Blatt, Form für Form, und zugleich alle Blätter zusammen abgezeichnet hatten. Sommer der freudigen Arbeit, er eröffnete nun in der Phantasie einen langsamen Bildertanz: von der Steintreppe mit den Farnwedeln, alle entrollt bis auf den einen, spiraligen in Form eines Bischofsstabs, ging es hinauf zur Hochfläche mit den Wolkenschatten, wo der von Bienen brausende Baum einen menschlichen Eintonchor vortäuschte, von dort weiter auf eine Landstraße, wo gerade ein Radfahrer jäh sein Rad abbremste, ein Auge tränend von der Fliege darin, und weiter an dem Wegdreieck hinunter zum See, schwarz und leer vor dem Gewitter, wo am Ufer im

Schutz eines Kiosks ein alter Mann mit einem Strohhut saß, neben ihm der barfüßige Enkel, denen beiden dann eine Sturmbö eine Eisfahne vor die Füße warf, bis am Ende im nächtlichen Garten ein Glühwurm herankurvt, ins offene, dunkle Haus hineinfliegt und dort die Winkel ausleuchtet, in deren einem ein Heupferd hockt. Solches Phantasieren in Gestaltenfolgen, entrückte es ihn aus der Gegenwart? Oder entwirrte es ihm diese nicht vielmehr, klärte sie, verband das Vereinzelte und gab allem zusammen, dem tropfenden Bierhahn neben dem ständig laufenden Wasserhahn hinter der Theke, den Unbekannten drinnen und den Silhouetten draußen, seinen Namen? Ja, indem er so phantasierte, zeigten sich ihm zugleich die anwesenden Dinge und Menschen, ohne daß er sie zu zählen brauchte, wie die Blätter in jenem Sommerbaum verknüpft zur großen Zahl. Gerade angesichts solcher Gegenwart wurde jedoch deutlich, was ihr jetzt noch fehlte: der Hinzutritt der Schönheit, in Gestalt einer Frau – nicht im besonderen zu ihm (denn seit seiner Zeit an der Sprachgrenze war ihm, als habe er dort fast auch seinen Körper verloren), sondern zu ihnen allen im Raum! Schon einmal war doch hier so eine Erscheinung plötzlich leibhaftig in der Türöffnung gestanden, auf der Suche nach einem Telefon? um Zigaretten zu kaufen? um sich den Weg in die Stadt erklären zu lassen?, und bei ihrem Anblick hatte die ganze trübe Kaschemmensippe sich verwandelt und war aufgewacht. Ohne leiser zu werden oder eigens hinzublicken, hatte ein jeder, für die Dauer des Auftritts der Schönheit, versucht, sich von seiner edelsten Seite zu zeigen, und wenn auch nur dem unmittelbaren Gegenüber; und selbst nach ihrem Abgang – es fiel auch da kein Wort über sie –, einte die Zurückgelassenen noch weiterhin eine Scheu, in der sich immer wieder, seltsam einhellig, die Augen belebten. Das war nun schon lange her, aber noch jetzt hob er, nur er?, manchmal den Kopf zur Tür, in der Hoffnung, die Fremde werde sich dort ein zweites Mal offenbaren. Sie kam nie, auch heute nicht; und der Schmerz über ihr Ausbleiben steigerte sich fast zur Empörung. Die Tür blieb zu. Statt dessen näherte sich von der Theke her, dem Blick immer wieder entzogen durch die Rauchschwaden, ein Betrunkener. Am Tisch angekommen, starrte er zuerst, wie einäugig, von oben herab auf das Notizbuch, dann auf den, der davorsaß, zwängte sich dazu und fing auch schon zu sprechen an. Sein Gesicht kam dabei sofort so nah, daß es jede Kontur verlor; deutlich blieben einzig die heftig zuckenden Lider und die gepunktete Fliege unter dem Kinn; an seiner Stirn eine Schramme, die gerade noch geblutet haben mußte. Ein gewaltiger Gestank, nicht nur von Schweiß, ging von ihm aus; als seien alle Gestänke der Welt, vom Aas bis zum Schwefel, in ihm gespeichert. Von dem, was er redete, drang dagegen kein Wort durch zum andern; auch nicht, wenn man das Ohr ganz nah an seinen Mund hielt. Er gebrauchte dabei keine Fremdsprache, den Lippenbewegungen und dem Zungenschlag nach mußte es die einheimische sein. Er brachte in ihr freilich nicht einmal die Zischlaute eines Flüsterns hervor: Das einzig Vernehmliche blieb das wiederholte Streichen des Sprechers über die eigene Wange, oder ein Luftschöpfen mitten im Reden, ein langgezogener Ton wie von einem sich stimmenden Instrument. Auf die Aufforderung, lauter zu werden, folgte zwar jedesmal ein Aufschwung – die Schultern hoben sich, der Hals reckte sich –, worauf die alte Suada jedoch so stimmlos wie zuvor fortgesetzt wurde. Obwohl er dabei den Menschen vor ihm weder anschaute noch gegen ihn Gesten vollführte, galt, was er zu sagen versuchte, eindeutig allein diesem. Er wollte gerade ihm etwas Wichtiges mitteilen. Und eine Zeitlang war es dem Zuhörer tatsächlich, als verstünde er die Sache, die man ihm vortrug; und er nickte auch, wie es schien, an den richtigen Stellen (denn der andere lachte wie bestätigt). Aber dann, plötzlich – dieses oft so leicht fertige Wort entsprach da einmal dem Geschehen –, verlor er den nur ihnen beiden hier bekannten geheimen Zusammenhang und hatte zugleich, ebenso plötzlich und unerklärlich, die Anknüpfung für den nächsten Schreibmorgen verloren, die er sich im Lauf des Nachmittags doch gesichert geglaubt hatte und ohne die es keine Fortsetzung der Arbeit gab. Jeder einzelne Satz, bis hin zum Schlußsatz, war ihm schon vorgeschwebt – es ginge nur noch darum, die richtige Reihenfolge für sie zu finden –, und plötzlich galten die Worte alle nichts mehr; ja im Rücklauf wurde auch das ganze bisher, seit dem Sommer, Geschaffene, das in den letzten Stunden ihm die Schultern gestärkt hatte, augenblicks für nichtig erklärt. Er schob es zunächst auf den Rauch in der Kaschemme, der mit dem Atmen auch das Phantasieren behinderte, und ging auf die Toilette, um sich in der Kühle, vor den Kacheln und dem laufenden Wasser, zu sammeln. Aber auch dort blieb es stumm in ihm; das Werk, eben noch als luftiges Gehäuse empfunden, wie nie gewesen; im Spiegel sein Feind. Wider Willen kehrte er an den Tisch zurück als der Gefangene des Unvernehmlichen, der, in der Zwischenzeit herrisch wartend, hochaufgerichtet, mit geschwellter Brust, ohne Verzug seine wie mitten im Satz unterbrochene dunkle Rede wiederaufnahm. – Sein nur noch scheinbarer Zuhörer hatte einen häufigen nächtlichen Alptraum. Er träumte ihn ausschließlich in seinen Schreibzeiten, und es gab da keine Handlung, sondern einen stets gleichen, nachtlang wiederholten Richterspruch: Nicht bloß ungültig und nichtssagend war das tagsüber Geschriebene – es durfte auch nicht sein; zu schreiben war sträflich; die Anmaßung eines Kunstwerks, eines Buchs, der ärgste der Frevel, auf welchen, wie auf keine Sünde sonst, die Verdammnis stand. Und das nämliche Gefühl der unverzeihlichen Schuld und damit des für allezeit aus der Welt Verbanntseins erlebte er jetzt mit wachen Sinnen inmitten der Feierabendrunde. Anders als in den Träumen konnte er sich da allerdings über sein Problem – des Schreibens, des Beschreibens, des Erzählens – geordnet befragen. Was war seine, des Schriftstellers, Sache? Gab es in seinem Jahrhundert überhaupt noch solch eine Sache? Was für ein Mann ließ sich zum Beispiel benennen, dessen Taten oder Leiden danach schrien, nicht bloß berichtet, archiviert oder Stoff der Geschichtsbücher, sondern darüber hinaus überliefert zu werden in der Form eines Epos oder auch nur eines kleinen Lieds? Und welchem Gott war noch ein Preisgesang anzustimmen? (Und in wem war noch die Kraft, sich über einen abwesenden Gott zur Klage aufzuschwingen?) Und wo war der langjährige Herrscher, dessen Regierungszeit nicht nur mit Kanonenschüssen gefeiert sein wollte? Und wo sein Nachfolger, der sein Amt antrat nicht nur begleitet von Blitzlichtern? Und wo waren die olympischen Sieger, deren Heimkehr noch etwas anderes verdiente als Bravorufen, Wimpelschwingen und einen Tusch? Und welche Völkermörder dieses Jahrhunderts, statt mit jeder Ausrede neu aus ihrer Grube zu steigen, konnten noch für immer in ihre Hölle geschickt werden durch eine einzige Terzine? Und wie dagegen, angesichts des nicht mehr bloß eingebildeten, sondern von heute auf morgen schon möglichen Weltuntergangs, einfach die lieben Dinge des Planeten walten lassen, in Gestalt einer Strophe oder eines Absatzes auf einen Baum, eine Gegend, eine Jahreszeit? Jenen Blickwinkel der Ewigkeit – wo gab es ihn noch? Und wer durfte bei alledem sich darauf berufen, er sei ein Künstler und behaupte in sich einen Weltinnenraum? Auf diese Front der Fragen kam dann die folgende Antwort: Schon indem ich, vor wievielen Jahren nun?, mich absonderte und beiseiteging, um zu schreiben, habe ich meine Niederlage als Gesellschaftsmensch einbekannt; habe ich mich ausgeschlossen von den andern auf Lebenszeit. Mag ich auch bis zum Ende hier unterm Volk sitzen, begrüßt, umarmt, eingeweiht in seine Geheimnisse – ich werde doch nie dazugehören.

Seltsam einverstanden mit dem Ergebnis des Selbstgesprächs, faßte er sich und traf zugleich auf die Augen seines nach wie vor lippenbewegenden Tischnachbarn. Sie blinzelten nicht mehr; doch ihr Stillhalten war auch das gerade Gegenteil des »Auf-etwas-Ruhens«. Sie hatten ihn, den vermeintlichen Gesinnungsgenossen, ertappt bei seiner Abwesenheit, und das hieß, beim Verrat. Diesem Blick der Verachtung, sehr kurz, folgte ein sehr langsames Abwenden. Und in der Abwendung wurde der Unhörbare zuletzt auch vernehmlich. Er sagte: »Du bist schwach.« Und: »Du lügst!«; und sprach danach in die Runde, im Brustton der Klage: »Ihr wißt ja alle nicht, wer ich bin.« Und schließlich nahm er das fremde Notizbuch und bekritzelte im Handumdrehen die noch freien Seiten mit einem Gewirr von Punkten und Spiralen, worauf er sich erhob und auf der Stelle zu tanzen anfing, mit Figuren, die seinen Stricheleien zu gehorchen schienen wie einer Partitur.

Der Tänzer, selbst sein Torkeln und Einknicken in Grazie umwandelnd, war, eins-zwei-drei, im Getümmel verschwunden. Für ihn erblickte der Zurückgelassene in der Gesellschaft am Nebentisch den einen Gast, den er, ohne sich je mit ihm unterhalten zu haben, den »Gesetzgeber« nannte. Dieser war jünger als er, immer in derselben Felljacke, breitschultrig, mit abstehenden Ohren, hohen gewölbten Brauen und Augen, die so tief in den Höhlen lagen, daß sie klein wirkten. Mit seiner nie nachlassenden Aufmerksamkeit hatte er etwas von einem Krieger. Dabei war er an seinem Tisch derjenige, der sich aus allen Handgreiflichkeiten heraushielt. Ja, er mäßigte sie: nicht indem er sich einmischte, sondern indem er dazu ausdrücklich schwieg. Um ihn herum wurde heftig und unaufhörlich mit den Schenkeln geruckelt; nur er blieb ruhig. Der Blick gleichmütiger Trauer, mit dem er zwei einander Ohrfeigende bedachte, verhinderte, daß diese mit den Fäusten losschlugen oder gar ihre Messer zogen. Schweigend nahm er Einzelheit um Einzelheit auf, und stumm gab er jedem die Antwort. Öffnete er einmal den Mund zu einem kurzen Satz, war das, als habe das stetige Aufmerken seiner Stimme den Ton angegeben: Sie schwankte nie und wies dem Fraglichen lakonisch den Platz an. Dieser fast Wortlose war die Instanz im Raum; die Kraft, die von ihm ausging, eine Urteilskraft. Seine Art von Gerechtigkeit war jedoch kein Zustand, keine gegebene Vorschrift, sondern, bei jeder Sache neu, eine Tätigkeit, ein Gerecht*werden,* in einem wortlos mitfühlenden Rhythmus, der Recht sprach und die Parteien zum Ausklang ins Schweigen entließ. Dieser schweigsame Lauscher mit den blitzenden Pupillen, die sich von jedem ein Bild machten, und den unentwegt kreisenden breiten Schultern, die das Geschehen im Raum zu skandieren schienen: War er nicht der ideale Erzähler?

Hatte er dem Gesetzgeber stundenlang zugeschaut oder bloß einen Augenblick? Jedenfalls war ihm jetzt, er sitze schon weit über die Zeit in der Kaschemme; und nicht zum ersten Mal dachte er, nie mehr nachhause zu finden. So an die Stelle gebannt und bewegungsunfähig wähnte er sich, daß es unvorstellbar war, auch nur aufzustehen und es bis vor die Tür hinaus ins Freie zu schaffen. Er mußte sich dazu erst jede einzelne Teilstrecke seines Rückwegs vergegenwärtigen wie eine Expeditionsroute, wo die Karawanenstraßen und die Dschungelpfade, die Furten und die Pässe mitsamt den Stützpunkten vorgeplant werden. Bei seinem jähen Aufbruch streifte ihn dann ein Billardstock, ein Hund fletschte ihn an, und schließlich hakte sich noch der Mantelgürtel in der Türklinke ein.

7

Draußen auf der Straße knöpfte und band er sich all seine Sachen neu, vom Rock bis zu den Schuhen. Hätte er jetzt, wie er es sich vor kurzem noch vorgestellt hatte, sein Notizbuch wie einen Diskus geworfen, so wäre ihm der vor die Füße gefallen. – Es schneite nicht mehr; der Himmel lag hinter Wolken. Der Schnee war hoch und fest; die Schmelztropfen von den Straßenlaternen schlugen in Abständen pockenähnliche Muster hinein, in denen die »Ruinenstadt« des Verrückten wiederkehrte. Wie als Kind zu diesen Regenspuren im Staub eines Feldwegs, so hockte er sich zu diesen Kraterschwärmen; und als er die Hand hineinsteckte, brannte der Schnee auf der Haut ähnlich heilsam wie einst die Brennesseln.

Umweglos, mit gesenktem Blick, ging er stadteinwärts, obwohl es ihn trieb, zu allem, was sich mit ihm bewegte, die Gegenrichtung zu nehmen oder wenigstens schneller oder langsamer zu sein. Das war nun die

Stunde der Kleinlichkeit, wo ihn statt der Arbeit nur noch seine alltäglichen Versäumnisse beschäftigten: Wieder hatte er den versprochenen Brief nicht geschrieben; immer noch lag das fremde Manuskript ungelesen; wieder hatte er die Steuerbelege nicht geordnet; immer noch hatte er die Rechnung nicht bezahlt; wieder hatte er den Anzug nicht zur Reinigung gebracht; immer noch hatte er den Gartenbaum nicht beschnitten ... Und ebenso fiel ihm dann ein, daß er in der Innenstadt eine Verabredung hatte und zu Fuß längst nicht mehr rechtzeitig käme; selbst mit dem Taxi, das er sofort anhielt, würde er sich verspäten ...

Der auf ihn wartete, war ein Übersetzer, der, angereist aus dem Ausland, seit Tagen in der Gegend für sich die Wege eines da spielenden Buches abging und am Schluß den Autor noch zu ein paar Sachen und Wörtern befragen wollte. Der Treffpunkt, eine Bar, war das letzte Überbleibsel eines einstigen Kinokomplexes, wo die Abkratzspuren draußen an der Fassade beim Hinschauen immer noch die Aufschrift »Lichtspiele« ergaben. Er saß da allein im hintersten Raumwinkel – zuerst fast nicht zu erkennen als lebender Mensch vor den wandfüllenden Filmstar-Photos – wie schon seit Ewigkeiten, ein alter Mann, den das Warten augenscheinlich sogar belebt hatte, und blickte dem Verspäteten so verschmitzt entgegen, als wüßte er um jede Phase von dessen Nachmittag. Wie jedes Mal begrüßte er ihn mit einem Gleichnis: »Nicht wahr, am Rand des Walds die vielen Früchte, die in die Mitte locken, wo dann nichts ist!?«

Die Fragen des Übersetzers waren schnell entschieden (denn immerhin konnte der Verantwortliche von jedem Wort sagen, was er da getan hatte), und gleich danach hob der alte Mann, an den dunklen Vorraum des ehemaligen Kinos gewendet, zu einer Rede an. Diese kam so folgerichtig und still, als habe er sie in der Wartezeit vorbereitet; und obwohl er fremd hier war, nicht nur in der Stadt, sondern auch in Europa, klang seine Stimme durch die Bar wie die des Hausherrn: für einen Moment erschien die elegante, weißhaarige Lokal-Inhaberin, radiohörend hinter der weitgeschwungenen Messingtheke, als seine Frau. – Manchen seiner Sätze ging ein langgezogener Summton voraus, wie die Ankündigung eines Herolds.

»Du weißt, ich war selbst viele Jahre ein Autor. So froh siehst du mich heute auch, weil ich es nicht mehr bin. Und ich werde dir jetzt die Gründe meiner Gelöstheit erzählen. Höre, mein Lieber! – In den Anfängen des Schreibens fand ich die Welt in mir als eine verläßliche Folge von Bildern, die ich nur anzuschauen und, eines nach dem anderen, zu schildern brauchte. Mit der Zeit aber verlor sich die Klarheit der Umrisse, und aus dem Inmichhineinschauen wurde zusätzlich ein Horchen. Meine Vorstellung war damals – und ich erfuhr ja auch immer wieder, wie sie sich erfüllte –, es sei mir, in meinem Innersten, etwas wie ein Urtext mitgegeben, der, noch verläßlicher als die Inbilder, weil unabnutzbar durch die Zeit, dort ständig zugleich dasei und geschehe, und von mir, hielte ich nur in allem Sonstigen inne und versenkte mich hinein zu ihm, kurzerhand zu übertragen sei auf das Papier. In dieser Periode dachte ich mir das Schreiben als ein reines Abhören und Mitschreiben, als ein Übersetzen, bei welchem statt einer sichtbaren Vorlage ein insgeheimes Ursprechen galt. Aber es erging mir mit meinem Traum wie mit allen meinen Träumen: indem ich ihn nicht bloß dann und wann, spontan, als ein Bruchstück, sondern systematisch, Tag für Tag, aufzeichnen und zu einer Art Großem Traumbuch schließen wollte, wurde er immer weniger und bedeutete auch immer weniger; was bei Gelegenheit, splitterhaft, alles sagte, sagte als geplantes Ganzes gar nichts mehr. Mein Versuch, einen vermeintlichen Urtext in mir zu entziffern und so einen Zusammenhang zu erzwingen, erschien mir nun gleichsam als Sündenfall. Damit begann die Angst. Von Mal zu Mal graute es mir mehr vor dem Platzeinnehmen und Warten. Von allen meines Berufs, die ich kannte, war ich meines Wissens der einzige, der vor dem Schreiben Angst hatte, und zwar tagaus und tagein. Und Nacht für Nacht der gleiche Alptraum: Eine gemeinsame Aufführung, vor großem Publikum, stand bevor, und alle anderen hatten ihren Text, nur ich nicht. Als dann das Ende kam, mitten in einem vollkommen ungefühlten Satz ohne Anschauung, ohne Rhythmus, traf mich das als ein Schreibverbot, für immer. Nichts Eigenes mehr! Ich erinnere mich, wie ich an jenem Tag hinaus in die heißeste Sonne trat, da stundenlang unter blühenden Apfelbäumen stand, kalt wie nur je ein Kadaver, und dann doch lachte in Gedanken an den Spruch eines Großen: ›Man muß nur in die Hand blasen, dann geht's schon!‹ Und nach einem Übergang der Stummheit wurde ich der, den du kennst: Bloß nichts Eigenes mehr! Die Schwelle nicht überschreiten! Im Vorhof bleiben! Endlich kann ich mitspielen, statt wie ehedem der Alleinspieler sein zu müssen, und nur so, als Mitspieler, darf ich endlich auch auftrumpfen! Nur im Übersetzen – eines sicheren Textes – genieße ich meine Geistesgegenwart und fühle mich klug. Denn anders als früher weiß ich, daß jedes Problem dabei ein lösbares ist. Zwar quäle ich mich immer wieder, aber ich leide keine Qualen mehr und warte auch nicht mehr auf die Qual, daß sie sich auftue, damit ich ein Recht zu schreiben spüre. Der Übersetzer hat die Gewißheit, er wird gebraucht. Und so bin ich auch die Angst losgeworden: Wie lang ist es her, daß mir beim Spitzen der Bleistifte vor der Arbeit, zittrig wie ich jedesmal war, eine Mine nach der andern abbrach! Und beim Aufwachen am Morgen, statt, wie in der Vorzeit, zurückzuschrecken vor dem Exil, sehne ich mich heim zum Übersetzen. Übersetzer, der ich bin, und nichts sonst, ohne Hintergedanken, bin ich ganz, der ich bin; habe, während ich mir seinerzeit oft als Verräter vorkam, das tägliche Erlebnis, treu zu sein. Das Übersetzen bringt mich zu tiefer Ruhe. Doch schau, Freund: Gleich geblieben sind die Wunder, die ich erlebe – nur eben nicht mehr in der Rolle des Einzigen. Immer noch genügt das eine richtige Wort, und aus meinem schleppenden Gang wird, bei all meinem Alter, ein Laufen! Und gleichgeblieben ist jene Dringlichkeit – nur zwingt sie mich nicht mehr zum Grübeln, sondern läßt mich erholsam oberflächlich sein. So, indem ich deine Wunde möglichst schön zeige, verberge ich die meine. Am Schreibtisch sterben, das möchte ich erst, seit ich Übersetzer bin.«

Der alte Mann wollte noch, allein, die leere Stadt erleben, aus der er vor einem halben Jahrhundert hatte übers Meer flüchten müssen, und ließ sich nicht zum Hotel begleiten. Sein Autor folgte ihm jedoch nach dem Abschied heimlich (wie es seine Gewohnheit war, bei Bekannten und auch bei Fremden). Unbemerkt ging er knapp hinter ihm her über die Plätze und die Brücke und dann noch am anderen Ufer entlang. Obwohl sein Vordermann, mit seinem wackelnden Kopf und den Hoppelbewegungen eines Hasen, eilig wirkte, mußte der Beschatter, so verlangsamt er sich schon hatte, immer wieder jäh stoppen: Nicht nur, daß der

Alte im Zickzack ging, als sei er betrunken – er hielt auch alle paar Schritte inne, um seine Tasche mit dem übersetzten Manuskript in die andere Hand zu wechseln oder gar abzustellen. Eigentlich war es ja keine Tasche, vielmehr ein breiter, rechteckiger Flechtkorb, mit einem Tragarm und einem schwarzledernen Deckel, der bei jeder Lampe pechern aufglänzte. Was konnte so Schweres darin sein? – Und dem Betrachter erschien nun in dem Korb das Behältnis, in dem man einst den neugeborenen Moses, in der Hoffnung, er könnte so vor den Häschern gerettet werden, dem Nil übergeben hatte. Bis zum Hoteltor hatte er nur noch Augen für den schaukelnden Schwimmkorb, in welchem der Säugling versteckt lag, unterwegs zur Tochter des Pharao.

NeS 61–83

Das Wichtigste: die Geschichte nicht für sich reklamieren, sich nicht von ihr definieren lassen, sich nicht auf sie herausreden – sie verachten, in denen, die ihre persönliche Nichtigkeit mit ihr kaschieren – und doch sie kennen, um die andern zu verstehen und vor allem zu durchschauen (mein Haß auf die Geschichte als Asyl für die Seins-Nichtse)

GdW 20

Ich zwinge mich, über etwas zu schreiben, an das ich nicht glaube, um nicht auf mich, der daran nicht glaubt, beschränkt zu bleiben – vielleicht werde ich daran glauben, wenn ich es mit Geduld beschrieben habe

GdW 63

Und wieder: Du mußt das Gedächtnis verlieren! Du mußt *dein* Gedächtnis verlieren und ein Gedächtnis für die andern werden

GdW 88

Beim Lesen von Kafkas Tagebuch: ich merke, daß mich seine Klagen und Selbstbezichtigungen nicht mehr interessieren, nur noch seine Beschreibungen

GdW 89

Kafka lesen: man muß sich seine Sätze nicht merken (man kann seine Sätze sofort vergessen, das ist das Schöne an ihnen), und sie bleiben doch da, auch wenn man sie vergißt

GdW 89

Kafka macht einem doch Mut, sich zur eigenen Unfähigkeit zu bekennen

PhW 70

Ist Kafka dem Schwierigsten beim Schreiben – die Natur in eine Folge zu bringen – nicht ausgewichen? Hat er nicht, statt die Natur, immer nur deren Traumerscheinungen sehen wollen, deren Folge sich ja von selber ergibt. – Von einer Tageslandschaft möchte ich einmal bei Kafka lesen, von deren energischem »Eins gibt das andere«!

PhW 89

Wie verlockend Vergil gerade die *kleinen* Gegenstände schildert: den Becher aus Buchenholz, »mit feinem Stichel oben angebracht eine biegsame Rebe, welche Beerenbüschel überkleidet, die im mattfarbenen Efeu verstreut sind« (»Sizilische Musen, besingen wir das ein wenig Höhere ...«: das ist es ja schon)

PhW 26

Das Erzählen Vergils fängt in der Regel mit einem »schon« an: d. h., es beginnt jeweils an der Grenze, zwischen dem Tag und der Nacht, der Nacht und dem Tag, einer Jahreszeit zur andern (»das hat er von Homer gelernt«)

PhW 26

VIII
Die Abwesenheit
1987

In der ersten Zeit seines Umherirrens hatte es noch geschienen, als lege der Sänger zugleich Spuren: wie absichtlich knickte er links und rechts seines Wegs Zweige, ließ sich von den Dornen Fäden aus dem Hemd und Knäuel aus der Hose rupfen, ritzte in jeden Felsblock mit seinem Stahlkamm den immer gleichen Querstrich. Dann aber, verstummt, mied er die Zeichen nicht nur, sondern ging sogar in einem bestimmten Moment eine Strecke zurück und löschte den letzten Kratzer, der damit zu einer natürlichen Bruchstelle am Stein wurde.

War er zunächst noch den Wildfährten im Präriegras gefolgt, so wich er auch diesen schließlich aus. Es war eine Art Macchia, mit immer schmaleren Durchlässen zwischen den Büschen, wo er sich, ohne jemals vor einem zu zögern, in Schlangenlinien bewegte.

Er blieb erst stehen, als ihm das Schuhband aufging. Er bückte sich danach, und setzte sich dann unversehens nieder, als habe er auf dieses Ereignis gewartet. Wo er sich befand, öffnete sich der Buschwald auch zu einem freien, annähernd kreisförmigen Platz, einem Stück Sandwüste inmitten des Hochlands; der Sand mehr als knöchelhoch, hartgerippt von einem längst erloschenen Wind, darunter aber weich und sogar von den Vortagen noch warm: der Verirrte hatte gleich die Schuhe ausgezogen und die nackten Füße hineingesteckt.

Diese Wüste, kaum so groß wie ein Kinderspielplatz,

war nicht alt; ein einzelnes abgestorbenes Gewächs stand darin, hoch, struppig, halb Baum, halb Strauch, von vielen anderen toten Gewächsen wie von Lianen durchzogen und in seiner Art unkenntlich geworden. Und an den Rändern gab es zwischen dem Hartdorn gleich ein paar Zeichen von Fruchtbarkeit – die Brombeeren und die durstlöschenden Anisstengel.

Der alte Mann ergänzte damit sein Frühstück; die Wegzehrung, ein Stück Brot, nahm er aus seiner Hosentasche. Die Spitze des verdorrten Baums über ihm wirkte in der Morgensonne neu begrünt. Tief im Innern des käfiggleich verflochtenen Geästs, schwarz, der Umriß eines Vogels, die Art ebenfalls nicht zu erkennen, still, Kopf und Schwanz jedoch erhoben. Auch der Himmel war nicht ganz leer: Ein Flugzeug querte ihn, so hoch oben, so lautlos, so langsam und auch so weiß, daß man in ihm wörtlich ein »Luftschiff« sehen konnte.

Der Betrachter griff nach seinem Zeltbuch, das bei ihm im Sand lag, stockte und sagte mit einer Stimme, aus welcher auch das letzte Selbstbewußtsein, das des Herumirrens, verschwunden war: »Herz, jetzt bist du mit mir allein. Wenigstens geschieht mir das, wie ich es immer gewünscht habe, im fremden Land. Wie lange ist es her, daß jemand mir die Hand um die Schulter legte und sagte: Du kannst doch nicht das ganze Jahr durchschreiben, und wie lange, daß ein andrer von mir sagte: Dieses ewige Lesen. Von Anfang an war ich unfähig, das große Grundgesetz, das ich in der Natur las, unmittelbar auf mein Leben und meine Menschen zu übertragen – übertragbar war es mir immer nur in die Schrift, im Alleinsein. Nur im Alleinsein bekamen mir die Dinge eine Bedeutung, und den anderen vermittelten sich nur diese im Alleinsein entdeckten Zeichen. Und jetzt ist meine Schreibzeit um. Meine Sehnsucht ist tot.

Ich weiß sie, weiß ihren Sitz in der Brust, sie ist da, aber tot. Wo also kann ich noch hin? Wo also bin ich? Gibt es die Orte nicht mehr? Habe ich alles Licht in mir verbraucht? Erwarte ich keine Schönheit mehr? Bin ich also verloren? Ist es mit mir aus? Oder bin ich, in meiner Schwäche, am Ziel?«

Er erhob sich aus dem Sand und begann, in dem Wüstenstück auf und ab zu gehen, auf einmal sehr kurzbeinig, und von Wende zu Wende breitschultriger. Ebenso zog er dann immer weitere Schleifen um den toten Baum mit dem fast unsichtbaren Vogel darin, von dem manchmal ein kleines Rascheln kam. Es gab in dem Umkreis sonst keine Lebenszeichen; selbst die eine Ameisenstraße war entvölkert, leer die Löcher im Boden.

Er hatte sich wieder gesetzt, zu seinem Buch, mit dem er sich dann die Stirn stützte. Er schaute, die Augen schmaler und schmaler, in der Form zweier Einbäume. Die Kontur des Vogels, immer gleich ruhig, erhobener Schnabel und Schwanz, spielte mit der Zeit hinüber ins Märchenhafte. Das vertraute Geräusch des Bleistifts setzte ein, jäh, wie unwillkürlich; dann ein beständiges Schaben. Es schrieb die Hand mit den bräunlichen Altersflecken, in das Zelttuchheft, das auf den Knien lag. Der Schreiber blickte nicht auf sein Blatt, sondern hielt den Kopf geradeaus, unbewegt. Dann verlangsamten sich noch dazu, wie um den Vogel nicht zu verscheuchen, seine Handbewegungen, so daß er zuletzt von seinem Schreiben vollends übergegangen scheint in ein Zeichnen.

In dem Gestrüpp ist kein Umriß mehr. An der Stelle des Vogels stäubt ein Sandschleier herunter und bringt das Dürrholz zum Knistern. Auch von dem alten Mann ist nichts mehr vorhanden als seine Sitzspur. In seiner

Abwesenheit glänzen am Wüstenrand die schwarzen Brombeeren und blühen die weißgelben Anisdolden. Deren ausgetrockneter Wurzelboden hat ein vieleckiges Muster aus fingerbreiten Rissen. Ein Flugzeug läßt sich hören im Sommerhimmel: Geräusch, als fliege es auf der Stelle.

Als die übrigen erwachten, traf ihr Blick an der dämmrigen Wand ihrer Unterkunft auf einen Sonnenfleck. Wo er war, glänzte der sonst stumpfweiße Höhlensinter wie noch tropfnaß, in einem Flaschengrün, und obwohl diese kleine helle Stelle keine besondere Form hatte, ging von ihr gleich mit unserem gemeinsamen Augenöffnen die Kraft eines Zeichens aus, welches uns bedeutete: Auf! Es ist Tag, es ist alles da, hinaus mit euch, ins Freie, ins Spiel.

So gab es bei keinem von uns die übliche Schlaftrunkenheit; wir kamen sofort zu uns, wußten, wo wir waren, und erhoben uns leichtherzig aus unseren Alpträumen, in einer seltenen Freude über den Morgen. Es war auch, als mache das Weckbild an der Wand erfinderisch: Unter den vielen Pfützen am Boden spürten wir ohne Suchen jene eine, kesseltiefe, auf, aus der sich das klare Wasser zum Waschen und Kaffeekochen schöpfen ließ.

Wir frühstückten draußen im Gras vor dem Bunker. Das Hochland, zum hinteren Horizont so stetig ansteigend wie eine Rampe, erstreckte sich in der Sonne, als sei es erhaben über alle vier Jahreszeiten. Schwer vorstellbar, daß es da ein anderes Leben geben sollte als das der Bäume und wenigen Vögel. Und doch war auf der Wegkarte unseres Führers, nach einem anfänglichen »Großen Geröllfeld«, »Trockenen Graben«, »Versteinerten Flußbett«, »Kahlen Hügel«, auf einmal ein »See« vermerkt (samt »Ablegestelle«), danach, an der

»Anlegestelle«, eine »Baracke«, mit einer gestrichelten Spur zu einer »Alten Straße« (ein Strich), aus der dann die zwei Parallelstriche der »Neuen Straße« wurden, an deren Beginn ein namenloses »Dorf« und am Ende ebenso eine »Stadt«. Im Blick auf die wirkliche Gegend vor uns erinnerte die Zeichnung des Alten, mitsamt den pedantisch ausgemalten Kleinformen von Felsen und sogar einzelnen Bäumen, an die Phantasie-Topographie vergangener Zeiten, wo auch das Unwegsame zugänglich erscheint, und ein ganzer Kontinent leicht zu Fuß durchquerbar, in kaum einem Tag.

Es verstand sich von selbst, daß der alte Mann uns vorausgegangen war; die Karte hatte er zurückgelassen, damit wir ihm nachkämen; er würde uns unterwegs irgendwo, spätestens am Abend in der Stadt, erwarten. War es nicht, als rühre der Wind, der uns nach dem Aufbruch so weich wie beständig entgegenblies, von seinen Schritten? Roch das Kräuterwerk darin nicht erst so stark, weil es sich noch zusätzlich vermischte, zusammenballte und aufgeheizt wurde in den Hosentaschen unseres Vorgängers? Hätten wir diesen gerufen, so nicht aus Sorge, sondern im Spiel – freilich: bei welchem Namen?

Den ganzen Tag waren wir unterwegs mit jener Wißbegierde, die uns schon gepackt hatte in den Augenblicken des Erwachens. Obwohl es auf der Erde angeblich längst nichts mehr zu erforschen und zu entdecken gab, bewegten wir uns auf jeden neuen Landschaftsteil zu mit der Unbändigkeit des Forschergeists und umkreisten die einzelnen Gegenstände in einer gemeinsamen Entdeckerfreude. Das Wahrnehmen blieb nie bloß äußerlich, sondern war jedesmal zugleich ein Innewerden, womit sich die Dinge als Farben, Formen und gegenseitige Beziehungen unvergeßbar in uns einschrieben und uns stärkten; die Sachen für sich, ohne dabei einen Gedanken ans Sammeln aufkommen zu lassen, erschienen uns als ein Wert: angesichts ihrer war es, als würden wir von etwas genesen. Wir waren voller Lust, sie zu umgreifen, zu betasten, zu messen und zu überliefern; verdiente nicht selbst ein unscheinbarer Grashalm bemerkt und wenigstens mit einem kleinen Ausruf weitergegeben zu werden? An unserem Entdeckertag war von ihm eine Neuigkeit abzulesen, welche uns, zusammen mit den ergänzenden anderen, jede nur denkbare Zeitung ersetzte.

Es konnte uns dabei auch nichts zustoßen. Von den Schlangen auf der Geröllhalde sahen wir jeweils nur die unter den kalkigen Steinen verschwindenden dunklen Schwanzzipfel, und beim Springen von Block zu Block erwies sich sogar der körperentwöhnte Spieler als unvermutet geschickt. Die Frau, mit dem Umhang des Alten auf den Schultern, tänzelte durch das ausgetrocknete, talbreite, mit Felsen und Baumstrünken verlegte, blendweiße Flußbett ihres Wegs so sicher wie im Traum. Und als der Soldat, den anderen zur kahlen Kuppe voranstürmend mit einem Rucksack, der auf ihm hüpfte als Tornister, oben zurücktaumelte und zusammenbrach wie erschossen, stellte er bloß die Vergangenheit nach.

Wir blieben auf der Anhöhe nicht stehen, sondern stiegen ohne Halt ab zum See; an diesem Tag geschah mit dem Gehen und Immer-weiter-Gehen zugleich auch ein beständiges, unablässiges Ankommen. Der See war zunächst nur ein fahlgelber Schilfwald, an dessen Rand dann, an einen Baum gekettet, ein Boot lag. Das Gewässer hatte, von oben gesehen, ein Ausmaß, daß wir unseren Weg wohl einfacher zu Fuß, drumherum, hätten nehmen können; aber wir folgten der Vorzeichnung unseres Scouts und fuhren unverzüglich auf der geraden Linie mit dem Boot, wenn wir dieses zuvor

auch ausschöpfen und dann unsere Hände als Paddel benutzen mußten. Das Besondere an dem kleinen See waren die Bäume, die auch noch draußen, halb überflutet, im Offenen standen, und das klare Wasser, aus dem durchweg felsigen Grund hier und da sichtbar nachwirbelnd. Mit der Zeit überließ die Frau den andern das Rudern und stand hochaufgerichtet vorne am Bug, die Pelerine um sich gewickelt zu einem neuartigen Kleidungsstück. Trotz des kaum spürbaren Winds kam von dem Laub der hohen Erlen rund um den See ein unaufhörliches Rauschen, so mächtig, daß es dem Anschein nach immer mehr anschwoll und wir es zuletzt hörten als ein orkangleiches, alles sonstige ausschließendes Getöse; kein Wasservogel schrie mittendrin, und kein Fisch sprang auf. Als wir in dem scheinbaren Urwald am anderen Ufer eine Schrifttafel sahen, seit langem wieder ein Merkmal menschlicher Gegenwart – näherten wir uns ihr erleichtert? Oder nicht ebenso auch enttäuscht?
Beim Anlegen erwies sich das Schild als durchgerostet und kaum mehr leserlich; das endlich entzifferte »Achtung, Hornissen!« hatte, auch nach der Art der Lettern zu schließen, offenbar für eine Vorkriegs-Epoche gegolten. Ebenso war der Landesteg verrottet; die restlichen Pfähle, schief, verschieden tief in die Erde versunken, überzogen mit Moos, erschienen zudem weit zurückversetzt in das Festland, weil sich der See im Lauf der Jahre ziemlich verkleinert hatte: die abgestorbenen Weiden, die Stämme mit Löchern wie Bullaugen, zeigten oben an ihrer Moosgrenze noch den einstigen Wasserspiegel an.
Zeichen von Gegenwart begegneten uns erst an der »Baracke«. Sie war eine Gastwirtschaft mit einem eigenen Stromgenerator daneben, welcher jetzt – »Ruhetag« – freilich nicht lief. Durch das große Glasfenster er-

kannten wir im Dämmerlicht eine abgeräumte Theke und dahinter eine Kaminstelle mit aufgeschichteten Scheiten, anzündbereit. Draußen unter den Gartenbänken, verstreut in der Au, stand auch ein Tischfußball-Gerät, an dem wir im Vorbeigehen kurz drehten, so daß am Ende all die hölzernen Männchen mit den Füßen in die Höhe ragten.

Obwohl der auf der Karte gestrichelte Pfad in Wirklichkeit ein alleenbreiter Grasweg war und wir Platz genug hatten, blieben wir weiter eng beieinander, wie noch gerade im Boot. Der Weg, leicht erhöht, hatte etwas von einem grünen, unter jedem Schritt federnden Damm, und zwischendurch umfaßte da die Frau das Handgelenk des Soldaten, worauf sich die beiden, in langsamen Spiralen, als Tanzpaar weiterbewegten, während der Spieler als lächelnder Dritter hinterdrein ging. Eine Zeitlang konnten wir uns immer noch einbilden, in einer Gegend zu sein, wo es vor der Geschichte ein Entkommen gäbe, und die zugleich ein Neuland, etwas zum Wiederanfangen, wäre.

An der »alten Straße«, zu welcher der Damm unversehens abfiel, wechselte die Hochebene zurück in ihr Steingrau. Obwohl der Schotterbelag unversehrt und sogar neu wirkte, fanden wir auf der ganzen Strecke nicht eine Fahrzeugspur; die Büsche am Rand ohne Staub. Jäh wie der Übergang vom grünen Weg auf die Wüstenpiste war auch der von der Seeluft in eine von keinerlei Brise durchrührte Hitze. Wir gingen unter der Sonne, so lange, als herrsche hier ein ewiger Mittag. Ausblick gab es sonst keinen – die Straße, auf der Zeichnung eine Gerade, buckelte sich auf und ab, in so kurzen Wellenabständen, daß der Horizont keinmal zur Ferne wurde. Die paar Wolken, düster, mit glimmenden Rändern, blieben standfest, zusammengeschart, im meerblauen Himmel und ließen an eine Inselgruppe denken, erblickt hoch oben von einer Weltraumkapsel: »die Sporaden«. Die Brombeeren, die Straße reichlich säumend, waren uns keine Erfrischung; selbst eine Handvoll löschte den Durst kaum für die Dauer des Schluckens. Die Stille, in der wir bis dahin zuhause gewesen waren, flaute ab zur Geräuschlosigkeit; nicht einmal von den Grillen, deren schwarze Köpfe bei unserem Nahen in den Erdlöchern verschwanden, kam das vertraute leise Sirren; als einzige Laute, außer unseren eigenen, das beständige Wegspritzen der staubfarbenen Heuschrecken vor unseren Schuhkappen.

Jäh, wie alles, was uns in diesem Hochlandteil begegnete, kam dann von oben ein Knistern und Schwirren wie von einem beginnenden Regen, wobei aber der Himmel immer gleich heiter blieb. Zugleich verengte sich die Straße und wurde zuletzt zu einem bloßen Durchschlupf in einem stockwerkhohen Unterholz, welches auf der anderen Seite auf einmal den Anschein einer absichtlich da angelegten Hecke hatte. Hier traf die alte Straße auch auf die »neue«, mündete jedoch nicht in diese ein, sondern verlief sich nach einer kurzen Parallelstrecke, wie ein ehemaliger Grenzer- oder Zöllnerpfad, darunter ins Steppengras. Für einen Augenblick, mit schnuppernden Nüstern, zeigte sich dort ein Hase, und war schon wieder entschwunden. Den Regen machte uns eine Überlandleitung vor, deren Drähte sich, kaum hatten wir die Böschung bestiegen, jenseits des neuen Wegs aus einer unvermuteten, sonst leeren Weite schwangen, für ein paar Schritte so nah kommend, daß aus dem Rieseln ein Prasseln wurde.

Die Straße, schmal und kurvig, glich in der Tat mehr einem Weg, wenn auch einem robusten, für Jahrhunderte angelegten; als sei der die einzige Verkehrsader durch das Land, etwas wie ein Teil der Seidenstraße oder der Transamericana. Das kam daher, daß sie weder

geschottert noch asphaltiert, sondern eine Steinbahn war, zur Route ausgebaut allein dadurch, daß man von dem Felsgrund die Humusschicht – wie die Ränder zeigten, kaum fußbreit – weggebaggert hatte. Dieser natürliche Straßenkörper war kompakt, ohne Risse, und von vornherein so glatt, daß er nicht einmal hatte gewalzt werden müssen; die paar Buckel jeweils gerundet; so blankgewetzt durchwegs der Felsboden, als hätten sich da einzig wir Fußgänger und vielleicht Fuhrwerke bewegt, Planwagen, beladen mit schweren Säcken, Fässern, Auswanderern. (Unwillkürlich hielten wir über die Schultern Ausschau nach dem nächsten Treck.)
Daß der Weg so stetig bergauf führte, beherzte uns gleichsam und ließ uns durchatmen. Obwohl wir wegen der vielen Kehren immer noch keinen Ausblick hatten, waren wir sicher, er würde sich jetzt und jetzt auftun. Kein Wegweiser; keine Entfernungsangabe. Einzig die toten Schmetterlinge, die hier und da mit den Flügeln am Grund klebten, und die Ölflecken zeigten, daß wir uns auf einer Fahrstraße befanden. In der Vorstellung, die einzigen auf der Strecke zu sein, gingen wir nebeneinander, bis wir hinter einer Kurve einen in der Felsbucht abgestellten Handkarren sahen, vor dem wir auf der Stelle beiseite traten, so als rolle er auf uns zu. Seltsam zwiespältig war der Eindruck dieses Gefährts in unserem Niemandsland: zum einen schien uns, die gewohnten Zeitläufte hätten uns damit allzubald wiederaufgenommen, wir hätten viel länger noch im Ungewissen ausharren und es erforschen sollen – zum andern standen in der sonst vollkommenen Ödnis die beiden Räder als unerhörte Erfindungen, wie im Augenblick erst geschehend, und zwar durch uns!
Plötzlich dann schrumpfte die Landschaft zum bloßen Gelände. Beidseits der Straßen fuhren Panzer auf, die Geschoßrohre dem Anschein nach auf uns gerichtet.

Aus allen Mündungen blitzte und krachte es uns entgegen. Schwerbeladene Soldaten, an denen das Metall aneinanderschlug, rannten, ohne uns zu beachten, geduckt zwischen den Büschen. Ein Gefechtsturm glänzte von Feldstechern. Kein Vogellaut mehr.
Ebenso unvermittelt traf uns, in der langen Reihe der Naturhöhlen, nach der nächsten Biegung der ausgebaute Felskeller, kenntlich an dem holzverstrebten Eingang, versperrt mit einem Gatter, auf dem Lehmboden dahinter an der Stelle der Steinhaufen hochaufgeschüttete Kartoffeln. Vor uns erblickten wir, statt des zugehörigen Ackers, eine Fichtenschonung, die Bäumchen wie frisch gepflanzt, dicht an dicht die ebenmäßigen, dunkelgrünen Spitzen, wo dann die da durchführende Straße, diesen Abschnitt lang auf einmal überbreit und schnurgerade, die Form eines Wirtschafts- oder Forstweges annahm: von neuem ein Widerstreit, zwischen der Freude an all den jungen Sprossen, und einem Unbehagen, vor der Zeit zurück in der vertrauten, mitteleuropäischen Umgebung zu sein. So war es uns recht, daß nach der Aufforstung mit einem Schlag wieder nichts kam als das Steppengras, mehrere Kurven lang, aus den Augenwinkeln die Fata Morgana eines Weizenfelds. In dieser Phase nahmen nun solch täuschende Blicke zu und wurden am Ende sogar unsre einzigen: das machte, mehr noch als die Müdigkeit, der immer heftigere Durst, in dem die Sinne sich trübten, und Mund und Hals zu einem einzigen Schlund wurden. Vergebens warteten wir darauf, daß der Spieler, der doch sonst für jeden Notfall etwas dabeizuhaben pflegte, aus seinem Sack ein Getränk zauberte; von unseren Kehlen bis zum Horizont erstreckte sich eine einzige große Trockenheit.
Waren wir auf dem falschen Weg? Hatten wir, halbblind, eine Abzweigung übersehen? Erleichterung, als

wir an einer letzten Kurve, nach der die Straße in einer Ebene, wie auf dem obersten Dach der Hochlandstufen, weiterführte, weit vor uns unverhofft eine menschliche Gestalt gewahrten. Wir fielen sofort ins Laufen, wobei unsere Schatten auf der Felsnarbe zuckten wie Fackeln. Der Mensch vor uns, buntgewandet, mit den Pendelbewegungen nicht allein des rundlichen Kopfes und der Schultern, sondern des ganzen Körpers, konnte nur unser Alter sein; zum Rufen freilich fehlte uns vor Durst die Stimme. Wir mußten um einiges näher kommen, um zu erkennen, daß er nicht, wie nach dem ersten Augenschein, auf uns zu, sondern in die gleiche Richtung wie wir ging, und noch näher, um in dem vermeintlichen Greis ein mit einer Schultasche bepacktes Kind zu sehen. Bevor wir dieses aber eingeholt hatten, tauchte jäh aus einem Seitenweg, ohne vorher hörbar gewesen zu sein, ein Bus auf, im Neuglanz, von der Größe eines Doppeldeckers, hatte den Jungen auch schon aufgenommen und war, nach einer Kurzfahrt geradeaus, mit einem schallenden Hupton gleich wieder auf eine andere Nebenstrecke gebogen, wie um auf wilden Umwegen überall in der Einöde die Versprengten zu sammeln. Der nächste Mensch, auf den wir dann trafen, war wirklich ein alter Mann, und erschien uns auch aus der Nähe als der unsre: hinter den hohen Halmähren fast unsichtbar, lag er ein wenig abseits der Straße in dem Wurzelbett eines einzelnen Steppenbaums und schlief.
Zum ersten Mal an diesem Tag blieben wir, für einen Atemzug, stehen. Das Momentbild unseres Alten kam von der Hand am Ohr, dem glückseligen, idiotenähnlichen Träumergesicht, und besonders dem Haselstock, der neben dem Schläfer am Stamm lehnte – war allerdings, ehe noch einer von uns ihn wachrüttelte, entrückt in das eines schlummernden Landarbeiters, mit

Schurz, Strohhut im Nacken und schwarzrissigen, zu Krallen verkrümmten, gelähmten Fingern, welche vielleicht nicht einmal mehr eine Sichel, keinesfalls jedoch einen Bleistift führen konnten.

Als das Arbeitsfeld des Schlafenden erschien ein Garten, ausgegrenzt aus der Steppe, für sich, ohne Haus. Irgendwo freilich mußte ein Wasserhahn sein; denn ein Schlauch kam durch das hohe Gras und endete zwischen den Beeten. Deren Früchte, wie die Tomaten oder die Johannisbeeren, waren entweder abgeerntet oder von einer Art, daß allein ihr Anblick den Durst nur noch verstärkte: Zwiebeln, Knoblauch und die mit den Silberdisteln zu verwechselnden Artischocken. Wir folgten dem Bewässerungsschlauch und näherten uns so einer langgestreckten Felswand, vor der die farblose Prärie übergangslos zur lichtgrünen kurzhalmigen Wiese wurde und den Felsen in ihrer Mitte auf einmal als Menschenwerk, als Gebäude, erkennen ließ. Dieses beschrieb einen großen Bogen, weggewölbt von der Straße, und hatte in seiner Sehnenform, mitsamt dem unverputzten Stein und den wenigen, lukenkleinen Fenstern, etwas von einer Wiesenfestung oder jedenfalls einer Garnison; von verschiedenen Feuerstellen, sämtlich verlassen, stieg im Gras davor Rauch auf, bis in Himmelhöhe so dicht, gerade und festumrissen, daß man tatsächlich »Säulen« dachte. Zu der Garnison paßten auch die Stimmen, die uns entgegenhallten, als seien die Räume saalgroß und fast leer. Sowie wir aber an die lange Mauer herantraten, erwies sie sich als die Straßenfront des auf der Karte bezeichneten »Dorfs«. Es bestand von unsrer Seite aus einer einzigen, weitgeschweiften Fassade, ohne Grenzlinien zwischen den Häusern, die sich in ihrer Vielzahl – mehr als ein Dutzend – erst zeigten, als wir der Reihe nach durch die Luken blickten: hinter einer jeden abgesonderte Räumlichkeiten, mit Extra-Eingängen und Wohnfenstern; in deren Rahmen auf der uns abgekehrten Seite die unterschiedlichsten Weinlauben, Blumengärten und in die Tiefe gestaffelten Wirtschaftshöfe. Hier, ein jeder an einer anderen Luke, bekamen wir dann auch Wasser, in den mannigfaltigsten Krügen, Kannen und Töpfen – gleich war jeweils nur die dazugereichte Zitrone. Wir tranken und tranken und tranken, und waren danach erst, zum Abschied, fähig zu grüßen. So einen natürlichen Gruß hatte noch keiner von uns gewechselt, und die paar Worte lang war es denkbar, die menschliche Sprache sei aus dem Bedürfnis und der Lust zu solchem Grüßen entstanden.

A 177–200

Entfern dich mit keinem Satz, so phantastisch er auch wird, aus der Erfahrung, aus der persönlichen Vergewisserung, aus dem *Inbild* (oder Innen-Bild)

GdB 114

Ich bin mit der Zeit durch und durch Schriftsteller geworden, weil ich mich schreibend verlangsame (die Verlangsamung ist eine Entfaltung)

GdB 226

Gehen, bis man »die Weihen« empfängt, die Weihen der Durchlässigkeit, der Durchsichtigkeit, des Pilger-Seins; dann strahlt der Erdboden; und dann, dann erst kommt auch die Stunde der Phantasie, als Leuchten in der Ferne auf dem Uferpfad

Schreiben als die Entzifferung: die heißen Wolken hoch oben, das leuchtende Gras unten, der Sonnenglanz in der Birkengabelung; die Akazienzweige vor dem Himmel als Gratulationsblumensträuße (was heißt »Blumengruß«? Die Blumen selber grüßen)

PhW 40

Die Leere offenhalten: das wäre die höchste Kunst

PhW 41

Das Retardieren-Können beim erzählenden Schreiben kommt erst aus den tiefsten Lebens-Erfahrungen; und nur durch das Retardieren führt Geschriebenes zum Sinnen (nur das will ich noch lesen, worüber ich »ins Sinnen« kommen kann), und zur Nachwirkung; wehr dich gegen das Suggestive; halt inne, als Schreiber wie als Leser

PhW 82

H. Ja, da spürt man auch eine unglaublich sanfte Handwerkerkunst, die von einer Mitte ausgeht – das ist vielleicht auch noch wichtig – und bis an das Ende der Welt ihre Vielfalt in der Einheit zeigt. Das sind ja sehr sanfte Dinge; so einen Fußabstreifer, den können Sie stundenlang betrachten. Der Flaubert hat in der Vorstellung einmal gesagt: »Es juckt mich in den Fingern nach einem Epos«, nachdem er vielleicht so am Abend mit in die Hände gestütztem Kopf hat er stundenlang die Ornamente an einer Mauer, an einer nordafrikanischen Stadtmauer betrachtet. So könnte ich manchmal stundenlang so einen Fußabstreifer oder so ein Hinweis-Schild am Bahnhof: ›Zum Brunnen‹, mit der Hand, betrachten.

G. Es ist ja auch eine Aufmerksamkeit, die einem erwiesen wird, im Unterschied zu den Ramschdingen.
H. Ja, es ist begütigend einfach, wie die Dinge bis ins kleinste – ich glaub das Wort ist richtig: ziseliert sind, und da erwacht in mir doch ganz konkret die Idee eines Reichs – aber politisch wird es dann insofern nicht, also es wird nicht ... ich hab da keinen Verfassungsvorschlag. Auch bei Steinmauern und Feldwegen ... eine besondere Sorgfalt einfach in den Gebrauchsdingen ... wo die Gebrauchsdinge so angeordnet sind, daß sie anmutig werden, nicht nur nützlich, sondern daß in der Nützlichkeit zugleich schon die Anmut begriffen ist. Da denk ich auch oft an ›Reich‹. Oder zum Beispiel – was ein Dichter wie der René Char so gepriesen hat oder evoziert hat – den Mittelstreifen eines Weges, von Wegen, wo das Gras wächst ... diese Mittelstreifen manchmal, die da immer weiter führen; in diesem Land hier, da wächst auf den Mittelstreifen Löwenzahn, und dann jenseits der Grenze, jenseits der Karawanken, oder der Alpen, wächst ja schon der Rosmarin – nein Rosmarin nicht ...
G. Wegwarte, die blaue ...
H. Wegwarte, oder Thymian sogar, wenn Sie dann in den Karst kommen – aber der Mittelstreifen ist immer noch da, verstehn Sie? Der geht ... also der wird durch die Berge geteilt, aber auf der andern Seite gehts wieder weiter. Nur sind die Pflanzen dann anders, es sind vielleicht Küchenschellen, oder vor allem halt diese kleine Minze ... also die Minze wird kleiner und kräftiger, aber ist immer noch Minze (*tiefes Ein- und Ausatmen*). Da könnt ich noch viel, was mich dann so an das Reich, an so etwas wie Reich – wie soll man sagen: erinnern oder gemahnen ... könnt ich sehr viel aufzählen.
G. Und daran gemahnen Sie also auch in der Natur diese Kuhtritte beispielsweise ...
H. Vor allem das, ja, das hat mich über Jahre beschäftigt.

G. ... die auch ein kulturelles Phänomen sind, das in der Natur sich widerspiegelt.

H. Ja, es ist so eine Einheit, man spürt die Menschen auch mit. Man spürt zuerst natürlich – das hab ich ja versucht zu erzählen – die schweren Leiber der Kühe, die da manchmal aus ... – man hat so ein Halluzinationsgefühl –, und hat sogleich ein Gefühl der Hirten, die da mitgegangen sind, findet sich selber wieder aus der Kindheit, als der eine oder andere von uns auch mit den Kühen unterwegs war. So ein Gefühl einer ständigen Gegenwart. Es ist die Halluzination so stark, als ob die Zeit steht – und zugleich immer noch fruchtbar ist. Das gibts ja hier ... hier im Salzburgerland ist das sehr häufig zu sehen, die leeren Viehsteige, auf denen man ... also sie haben etwas von Rampen ... ich hab so ein Rampen-Gefühl, das Gefühl, daß da etwas passieren wird, daß da etwas losgehen wird.

G. Und die Bewohner des Reiches, das sind wahrscheinlich nur immer wieder Einzelne?

H. Ja, das ist schwierig, da kann man nur ... die Bewohner sind nur die Leser, sicher. Also das letzte Reich und auch das einzig vernünftige und nicht metaphysische Reich wird sicher das Reich der Schrift sein, das Reich der Erzählung. Oder zumindest gehts mir ... bei mir geht es darauf hinaus.

G. Das würde also heißen, es könnte sich überhaupt nicht mehr materialisieren, es wäre nur noch in der Schrift vorhanden.

H. Ja, ich weiß nicht. Jetzt ja oder nein zu sagen wäre Ideologie; zu behaupten, daß dieses Reich wiederkehren kann, oder auch zu sagen, es kann nicht wiederkehren, das ist mir nicht möglich. Ich weiß nur, daß dieses Reich sich verwandelt; diese leeren Viehsteige, die blinden Fenster, die rufen danach, verwandelt zu werden, also diese Halluzination eines Reiches ruft danach, verwandelt zu werden – aber in was kann mans verwandeln? Der eine wird jetzt wirklich vielleicht politisch werden, also politische Aktionen … oder zumindest eine These aufstellen; der andere, so jemand wie ich, wird das eben verwandeln in das, was ich eben tue. Aber das drängt einen schon zur Handlung.

Ail 156–158

G. Also wäre *Die Lehre der Sainte-Victoire* in diesem Sinn dann auch eine Fälschung, wo Sie es als zu billig ablehnen, Fragmente zu geben, und aufs Ganze gehen wollten.
H. Ja richtig, ja, ja. Das ist immer noch in mir. Ich seh schon ein und ich seh jeden Einwand, der sagt, das Fragmentarische entspreche vielleicht der jetzigen Lage, auch der historischen oder kunsthistorischen Lage eher.
G. Aber Sie wollen die Lage nicht widerspiegeln?
H. Ja, erst einmal will ich die Lage nicht widerspiegeln, ganz richtig, und zweitens *drängts* mich zum Zusammenhang. Das ist so mein … das ist mein … mein … man kann ruhig sagen: mein Lebenstraum. Also auch bei der letzten Erzählung jetzt, mein ganzer Plan war so, das nur bei fragmentarischen Erzählanläufen und Beschreibungen zu lassen, und dann gings … das hat mich dann überwältigt, ich wollt doch wieder die Erzählung. – »Ich wollt« ist vielleicht nicht das richtige Wort: es hat mich gedrängt zu erzählen, und ich hab auch die Forderung erlebt, also nicht da jetzt von vornherein klein beizugeben mit dem Fragmentarischen, wo mir sozusagen nichts passieren kann. Ich wollte, daß mir was passieren kann.
G. Das wäre, daß Sie nicht mehr weiter kommen mit dem Verknüpfen?
H. Genau, richtig; daß ich abbrechen muß. Dieses Mal hab ich gedacht: Na ja, ich mach so lang ich kann; wenns nicht

weitergeht, brech ich eben ab. Ich seh mich da nicht, wie bei *Langsame Heimkehr* es mir noch erging, als einen Gescheiterten an, sondern ich mach so lang ich nur irgendwie kann und brech dann ab. Also ich hab das so in Kauf genommen, den Gedanken hab ich gelten lassen: Du machst es jetzt, bis du die Verknüpfung nicht mehr schaffst, und dann ist Schluß. – Vielleicht in dem Sinn, wie das Andreas-Fragment von Hofmannsthal ja auch abbricht. Aber er hat nicht von vornherein das Fragmentarische geplant. Ich seh das schon auch als einen Weg, aber ich bin entweder noch nicht so weit oder schon drüber hinaus.
G. Sie haben nicht abbrechen müssen in dem Neusten, was Sie geschrieben haben?
H. (*Lacht*). Nein. (*Lacht*). Vielleicht hätt' ich's sollen, aber es kam nicht der Moment.

Ail 175 f.

H. Aber eins: Ich hab ziemlich lang drüber gegrübelt, und ich glaub am knappsten hab ichs dann in *Über die Dörfer* gesagt, also daß zu dem Gregor gesagt wird, ich glaub von der Schwester: »Du hast nicht die Schwäche, zu verharmlosen, sondern die Kraft, zu verklären.« (S. 67). Das ist von mir ziemlich genau, ohne Begriffshuberei, vorgebracht. Also das Verharmlosen, was zum Beispiel viele unter Klassiker oder Literatur verstehen, was auch die Schlager machen, das ist eine Schwäche. Aber die Verklärung ist eine Kraft. So ein bißchen wie der Unterschied – kommts mir jetzt vor – zwischen Legende und Märchen. Also das Märchen hat eine Kraft, aber die Legende ist eigentlich ... schwächt. Das Märchen kräftigt die Alltäglichkeit, die Tagtäglichkeit, während die Legende von ihr ablenkt oder sie wirklich weglügt (es fällt mir jetzt kein besseres Wort ein).

Ail 248

IX
Die Versuche
1989–1991

Versuch über die Müdigkeit
1989

Im Staub dieses andalusischen Feldwegs bewegte sich vor ein paar Tagen, so feierlich langsam wie die Leidens- und Trauerstatuen, die hier in Andalusien während der Osterwoche auf Gestellen durch die Straßen getragen werden, das Aas eines Maulwurfs dahin, unter dem, als ich es umdrehte, ein Zug von goldglänzenden Aaskäfern ging, und in den Winterwochen davor hatte ich auf einem ebensolchen Feldweg, in den Pyrenäen, in der gleichen Weise niedergehockt wie gerade wir, den Schnee fallen sehen, in winzigen körnigen Flocken, im Liegen ununterscheidbar von den hellen Sandkörnern, aber im Schmelzen dann eigentümliche Lachen hinterlassend, dunkle Flecken ganz anders als die von Regentropfen, viel großflächiger, unregelmäßiger, im so langsamen Einsickern in den Staub, und als Kind, in eben dem Abstand zur Erde, in dem wir jetzt hocken, war ich an einem ebensolchen österreichischen Feldweg im ersten Frühlicht mit dem Großvater gegangen, barfuß, gleichnah der Erde und ebenso weltraumfern den vereinzelten Kratern im Staub, den Einschlägen der Sommerregentropfen, meinem ersten, sich immer neu wiederholenlassenden Bild.

Endlich in deinen Gleichnissen des Wirkens der Müdigkeit nicht nur die verkleinerten Maßstäbe der Dinge, sondern auch ein Menschenmaß! Aber warum immer nur du als der Müde, allein?

Meine höchsten Müdigkeiten erschienen mir immer zugleich als die unsrigen. In Dutovlje im Karst standen später nachts die alten Männer an der Theke, und ich war mit ihnen im Krieg gewesen: Die Müdigkeit entwirft am andern, auch wenn ich nichts von ihm weiß, seine Geschichte. – Diese zwei dort, mit den naß zurückgekämmten Haaren, den hageren Gesichtern, den rissigen Nägeln, den frischen Hemden, sind Landarbeiter, labradores, die den ganzen Tag in der Einöde geschuftet haben und einen weiten Weg hatten hierher in die Stadtbar, zu Fuß gekommen, im Unterschied zu allen andern da Stehenden; so wie der eine dort, der allein sein Essen hineinschlingt, hier fremd ist, zur Montagearbeit ins Landrover-Werk von Linares beordert von seiner Wohnsitzfirma, fernweg auch von seiner Familie; so wie der alte Mann, der täglich draußen am Rand der Ölbaumfelder steht, zu seinen Füßen ein kleiner Hund, die Ellbogen in eine Astgabelung gestützt, dort um seine verstorbene Frau trauert. – Dem ideal Müden »wird Phantasie«, nur eine andere als etwa den Schlafenden in der Bibel oder der Odyssee, die Gesichte haben: ohne Gesichte: ihm zeigend, was ist. – Und jetzt bin ich, wenn nicht müde, so doch frech genug, um meine Phantasie der letzten Stufe der Müdigkeiten zu erzählen. Auf dieser Stufe saß der müde Gott, müde und machtlos, in seiner Müdigkeit aber – um einen Ruck müder noch als je ein Menschenmüder – allgegenwärtig, mit einem Blick, der, würde er von den Gesehenen, wo auch immer im Weltgeschehen, sich bewußt gemacht und zugelassen, doch eine Art Macht hätte.

Genug von den Stufen! Sprich doch einmal von der dir vorschwebenden Müdigkeit einfach so, wie es kommt, im Durcheinander.

Danke! Solch ein Durcheinander entspricht jetzt mir und meinem Problem. – Also: Eine Pindarsche Ode auf einen Müden, statt auf einen Sieger! Die Pfingstgesellschaft, wie sie den Geist empfing, stelle ich mir durch die Bank müde vor. Die Inspiration der Müdigkeit sagt weniger, was zu tun ist, als was gelassen werden kann. Müdigkeit: der Engel, der des einen träumenden Königs Finger berührt, während die anderen Könige traumlos weiterschlafen. *Gesunde* Müdigkeit – sie allein schon die Erholung. Ein gewisser Müder als ein anderer Orpheus, um den sich die wildesten Tiere versammeln und endlich mitmüde sein können. Die Müdigkeit gibt den verstreuten Einzelnen den Takt. Philip Marlowe – noch ein Privatdetektiv – wurde im Lösen seiner Fälle, je mehr schlaflose Nächte sich reihten, immer besser und scharfsinniger. Der müde Odysseus gewann die Liebe der Nausikaa. Die Müdigkeit verjüngt, so wie du nie jung warst. Die Müdigkeit als das Mehr des weniger Ich. Alles wird in ihrer, der Müdigkeit Ruhe erstaunlich – wie erstaunlich doch der Papierpacken, den der erstaunlich gemächliche Mann dort unter dem Arm über die erstaunlich stille Calle Cervantes trägt! Inbegriff der Müdigkeit: In der Osternacht einst lagen bei der Auferstehungsfeier die alten Männer des Dorfs bäuchlings in der Kirche vor dem Grab, einen roten Brokatumhang an der Stelle des blauen Arbeitszeugs, die sonnenverbrannte Haut hinten am Nacken von den lebenslangen Anspannungen in ein Muster von Vielecken ähnlich dem der Erde gespalten; die sterbende Großmutter, in ihrer stillen Müdigkeit, besänftigte das ganze Haus und sogar den unverbesserlichen Jähzorn ihres Mannes; und an allen Abenden hier in Linares schaute ich dem Müdewerden der vielen Winzigkinder, mitgeführt in die Bars, zu: keine Gier mehr, kein Greifen mehr in den Händen, nur noch ein Spielen. – Und ist es bei dem allen nötig, zu sagen, daß selbst in solchen Tiefenbildern der Müdigkeit die Trennungen bestehen bleiben?

Gut und schön: Eine gewisse Anschaulichkeit ist deinem Problem nicht abzusprechen (auch wenn es die typisch dahingestammelte der Mystiker bleibt). Aber wie sind dergleichen Müdigkeiten nun zu schaffen? Sich künstlich wachhalten? Kontinentalflüge unternehmen? Gewaltmärsche? Eine Herkulesarbeit? Sich probeweise aufs Sterben einlassen? Hast du ein Rezept für deine Utopie? Munterkeitszügler für die ganze Bevölkerung in Tablettenform? Oder als Pulver, beigegeben dem Trinkwasser der Quellenhäuser im Unmüden-Land?

Ich weiß kein Rezept, auch mir selber nicht. Ich weiß bloß: Solche Müdigkeiten sind nicht zu planen; können nicht im voraus das Ziel sein. Aber ich weiß auch, daß sie nie grundlos eintreffen, sondern immer nach einer Beschwernis, im Übergang, in einer Überwindung. – Und nun laß uns aufstehen und weggehen, hinaus, auf die Straßen, unter die Leute, um zu sehen, ob uns vielleicht in der Zwischenzeit dort eine kleine gemeinsame Müdigkeit winkt, und was sie uns heute erzählt.

Aber gehört zu dem richtigen Müdesein, ebenso wie zu dem richtigen Fragen das Aufstehen, nicht das Sitzen? So wie jene alte krumme Frau in dem Gastgarten, wieder einmal weitergetrieben von ihrem auch schon grauhaarigen, doch ewig gehetzten Sohn, sagte: »Ach, *sitzen* wir doch noch!«

Ja, sitzen wir. Aber nicht hier, in der Menschenleere, im Rauschen des Eukalyptus, allein, sondern am Rand der Boulevards und der Avenidas, im Zuschauen, vielleicht mit einer Jukebox in Reichweite.

In ganz Spanien gibt es doch keine Jukebox.

Hier in Linares gibt es eine, eine sehr seltsame.

Erzähl.

Nein. Ein andermal, in einem Versuch über die Jukebox. Vielleicht.

Vor unserem Auf-die-Straße-Gehen nun aber noch ein letztes Bild der Müdigkeit!

Gut. Es ist zugleich mein letztes Bild der Menschheit: versöhnt in ihren allerletzten Augenblicken, in kosmischer Müdigkeit.

VM 71–78

Versuch über die Jukebox
1990

Mit dem »Versuch über die Jukebox« hatte er vor, sich die Bedeutung dieses Dings in den verschiedenen Phasen seines nun schon lang nicht mehr jungen Lebens klarzumachen. Dabei hatte kaum einer von seinen Bekannten, die er in den letzten Monaten – als eine Art

Marktforschungsspiel – danach gefragt hatte, mit dem Gerät etwas anzufangen gewußt. Die einen, unter ihnen freilich auch ein Priester, hatten nur die Achseln gezuckt und den Kopf darüber geschüttelt, daß derartiges überhaupt von Interesse sein konnte, die anderen hielten die Jukebox für einen Flipper, wieder andere kannten nicht einmal das Wort und glaubten erst bei »Musicbox« oder »Musiktruhe« zu verstehen, was gemeint war. Gerade solche Unkenntnis und Gleichgültigkeit aber – nach der ersten Enttäuschung wieder einmal, daß nicht alle die ähnlichen Erlebnisse hatten wie er – reizten ihn um so mehr, sich auf den Gegenstand, oder den Vorwurf, einzulassen, zumal es schien, als sei die Zeit der Jukeboxen in den meisten Ländern und an den meisten Orten so ziemlich vorbei (auch war er selber vielleicht allmählich über das Alter hinaus, vor Automaten zu stehen und Tasten zu drücken).
Natürlich hatte er zuvor auch die sogenannte Literatur über Jukeboxen gelesen, freilich mit dem Vorsatz, das meiste davon auf der Stelle wieder zu vergessen; zählen beim Schreiben sollte vor allem der eigene Augenschein. Es gab dann ohnedies nur wenig darüber, und das Hauptwerk war wohl, jedenfalls bisher, der 1984 in Des Moines weit weg im amerikanischen Mittelwesten erschienene *Complete Identification Guide to the Wurlitzer Jukeboxes,* Verfasser: Rick Botts. Was der Leser von der Geschichte der Jukebox behalten hatte, war schließlich ungefähr folgendes: Zur Zeit des Alkoholverbots im Amerika der zwanziger Jahre wurden in den Hintertür-Wirtshäusern, den »Speakeasies«, zum ersten Mal auch Musikautomaten aufgestellt. Unsicher die Herkunft des Wortes »Jukebox«, ob von »Jute« oder von dem Verb »to jook«, das afrikanischen Ursprungs sein sollte und »tanzen« hieß. Jedenfalls trafen sich seinerzeit die Schwarzen nach der Arbeit auf den Jutefeldern im Sü-

den an den sogenannten »jute points« oder »juke points« und hörten dort aus den Musikautomaten für einen Nickel Billie Holliday, Jelly Roll Morton, Louis Armstrong, welche von den Radiosendern, alle im Besitz der Weißen, nicht gespielt wurden. Das Goldene Zeitalter der Jukeboxen habe begonnen mit der Aufhebung des Alkoholverbots in den dreißiger Jahren, als überall Lokale entstanden; sogar in Geschäften wie Tabak- und Friseurläden gab es damals Plattenautomaten, wegen des Platzmangels dort nicht größer als die Kassen, neben diese auf die Theke postiert. Solche Blüte endete, fürs erste, dann mit dem Weltkrieg, als die Materialien der Jukeboxen, vor allem Plastik und Stahl, rationiert wurden. Holz ersetzte das Metall, und mitten im Krieg dann sei die Produktion völlig umgestellt worden auf Rüstung. So bauten die führenden Jukebox-Hersteller, Wurlitzer und Seeburg, damals Enteisungsanlagen für Flugzeuge und elektromechanische Teile. – Eine andere Geschichte war die der Form der Musicboxen: Durch sie sollten diese »aus der nicht immer farbenfrohen Umgebung« herausstechen. Der wichtigste Mann des Hauses war demnach der Entwerfer: Während bei Wurlitzer die Grundstruktur etwa der Rundbogen war, so verwendete Seeburg in der Regel Rechteckgehäuse mit Kuppeln obenauf, wobei es ein Gesetz zu sein schien, ein jedes neue Modell dürfe nur so weit das vorhergegangene abwandeln, daß dieses darin noch klar zu erkennen war; derart sei einmal eine besonders neuartige Jukebox in Gestalt eines Obelisken, obenauf statt eines Kopfes oder einer Flamme eine Schale mit dem Lautsprecher darin, aus dem die Musik hinauf zur Decke schallte, zum vollständigen Mißerfolg geworden. Varianten der Form kamen daher fast nur bei den von der Box ausgesendeten Lichtspielen und den Rahmenteilen in Frage: Pfau im Zentrum des

Geräts, immerzu die Farben wechselnd; Plastikflächen, bisher einfach farbig, nun marmoriert; Zierleisten, bisher falsche Bronze, nun verchromt; Randbögen, neu in Gestalt durchsichtiger Leuchtröhren, ständig von großen und kleineren Wasserblasen durchwandert, »gezeichnet Paul Fuller« – wobei der Leser und Betrachter dieser Formengeschichte endlich auch den Namen von deren Hauptthelden erfuhr, und merkte, daß er den, schon seit dem ersten Staunen damals, irgendwann vor solch einem in den Regenbogenfarben strahlenden mächtigen Ding in irgendeinem finsteren Hinterzimmer, unbewußt hatte erfahren wollen.
Die Busfahrt von Burgos nach Soria ging ostwärts über die fast leere Meseta. Es war, als seien, trotz der vielen freien Plätze, in dem Bus mehr Leute versammelt als irgendwo draußen in dem ganzen kahlen Hochland. Der Himmel war grau und diesig, die wenigen Felder zwischen Felsen und Lehm lagen brach. Ein junges Mädchen knackte und knabberte, wie sonst in den spanischen Kinos oder auf den Promenaden, mit ernstem Gesicht und träumerisch weiten Augen, ohne je einzuhalten, Sonnenblumenkerne, von denen zugleich ein Regen von Hülsen zu Boden fiel; eine Gruppe von Burschen mit Sporttaschen brachte immer neue Kassetten ihrer Musik nach vorne zum Fahrer, welcher sie bereitwillig, statt des nachmittägigen Radioprogramms, aus dem über jedem Sitzpaar befindlichen Lautsprecher schallen ließ; das eine alte Paar in dem Bus saß stumm und ohne Bewegung, und der Mann schien es gar nicht zu spüren, sooft einer der Burschen ihn im Vorbeigehen, unvorsätzlich, anrempelte; auch als einer der Jugendlichen, im Reden aufgestanden und in den Gang getreten, sich bei seinen Ausführungen an des Alten Rückenlehne stützte und zugleich ihm vor dem Gesicht gestikulierte, duldete er es reglos, rückte nicht einmal

seine Zeitung beiseite, deren Blattkanten im Luftzug des über ihm Fuchtelnden umschlugen. Das ausgestiegene Mädchen ging dann allein draußen auf einer kahlen Kuppe, den Mantel um sich gezogen, in einer wie weglosen Steppe, ohne ein Haus in Sicht; am Boden ihres verlassenen Sitzes ein Haufen von Schalen, weniger als erwartet. Später wurde die Hochebene bezeichnet von Zwischenräumen aus lichten Eichenhainen, die Bäume strauchartig klein, das volle welke Laub daran grau zitternd, und nach einem fast unmerklichen Paß – im Spanischen, so erfuhr der Reisende aus seinem Taschenwörterbuch, das gleiche Wort wie für »Hafen« –, der Grenze zwischen den Provinzen Burgos und Soria, von Schonungen glänzendbrauner Kiefern oben auf Felsen wurzelnd, viele auch, wie nach einem Sturm, aus dem bißchen Erdreich gerissen oder zersplittert, worauf diese Nähe zu beiden Seiten der Straße gleich wieder auseinanderrückte zum vorherrschenden Ödland. In Abständen kreuzten die Schienen, verrostet, der aufgelassenen Bahnlinie zwischen den beiden Städten, oft schon überteert, die Schwellen überwachsen oder ganz verschwunden. In einem der Dörfer, unsichtbar von der Landstraße hinter steinigen Anhebungen, wohin der Bus immer wieder abbog und dann zum Umkehren, noch leerer geworden, zurückstoßen mußte, schlug das lose hängende Gassenschild an eine Hauswand; hinter dem Fenster der Dorfbar, als das einzig Sichtbare, die Hände von Kartenspielern.

In Soria war es kalt; kälter noch als in Burgos, und bitterkalt im Vergleich zu San Sebastian unten am Meer, wo er am Vortag in Spanien angekommen war. Aber es fiel nicht der Schnee, den er sich hier sozusagen als Begleiter für seine Unternehmung erhofft hatte, sondern es nieselte. In dem zugigen Busbahnhof notierte er sich gleich die Abfahrtszeiten für Madrid, oder wenigstens

Zaragoza. Draußen, auf der Durchfahrtsstraße am Stadtrand, zwischen kleineren Einstürzhäusern, hochragenden Rohbauten und der Trümmersteppe (die ihm sonst zusagte), unter den Rädern den Schlammfilm zersprühend, das Getöse der wie aneinandergekoppelten Fernlaster, alle mit spanischen Kennzeichen; als er darunter einmal ein englisches Nummernschild sah, dann auch den auf den ersten Blick verständlichen, nicht erst zu übersetzenden Slogan auf der Plane, wurde es ihm für den Moment geradezu heimisch zumute. Ähnlich hatte er früher schon bei einem längeren Aufenthalt in einer solch fremden spanischen Stadt, wo niemand in der Umgebung eine andere Sprache verstand und es auch keine ausländischen Zeitungen gab, seine Zuflucht manchmal in dem einen chinesischen Restaurant dort gesucht, wo er zwar von der Sprache noch viel weniger mitbekam, jedoch sich vor dem ausschließlichen, geballten Spanischen in Sicherheit fühlte.

Es begann zu dämmern, die Umrisse wurden undeutlich. Als Richtungsschilder nur die der fernen Hauptstädte, wie Barcelona und Valladolid: So ging er mit dem schweren Koffer – er war schon lang unterwegs und hatte in Soria bis hinein ins neue Jahr bleiben wollen – straßenabwärts; öfter hatte er erlebt, daß die Zentren, gerade dieser dem ersten Blick fast unsichtbaren spanischen Städte, irgendwo unten, hinter hauslosen Steppengegenden, versteckt in den Tälern versickerter Flüsse lagen. Diese Nacht jedenfalls würde er hier bleiben; einmal, er empfand das in der Tat als eine Art Schuldigkeit, hatte er, da er nun da war, sich des Ortes zu vergewissern, ihm auch gerecht zu werden (im Augenblick, den Koffer alle paar Schritte von der einen Hand in die andere wechselnd, immer wieder den Einheimischen ausweichend, die schon ihr abendliches Geradeaus-Stolzieren begannen, gelang ihm das nicht), und zusätzlich hatte er, was seinen »Versuch über die Jukebox« betraf, und überhaupt, Zeit – was er sich jetzt, wie schon oft, einsagte, und wiederholte, diesmal mit einem Verb aus dem Griechischen, entnommen der Lektüre Theophrasts: *S-cholazo, s-cholazo.*

VJ 11–22

Versuch über den geglückten Tag
1991

Ein Selbstbildnis des Malers William Hogarth, in London, ein Augenblick aus dem achtzehnten Jahrhundert, mit einer Palette, auf dieser, sie zweiteilend, ungefähr in der Mitte, eine leicht geschwungene Linie, die sogenannte »Line of Beauty and Grace«. Und ein flacher, gerundeter Stein vom Ufer des Bodensees auf dem Schreibtisch, in dem dunklen Granit, als Diagonale, mit einer feinen, wie spielerischen, genau im rechten Moment von der Geraden abweichenden Krümmung, eine kalkweiße Ader, welche beide Hälften des Kiesels trennt und zusammenhält. Und auf jener Fahrt in jenem Vorortzug zwischen den Seine-Hügeln westlich von Paris, zu jener Stunde des Nachmittags, da in der Regel Frischluft und -licht manch morgendlichen Aufbruchs verbraucht sind, nichts mehr natürlich ist und nur noch das Abendwerden, vielleicht, aus der Tagklemme hilft, jenes plötzliche Ausscheren der Gleisstränge, zu einem weiten Bogen, fremdartig, zum Staunen, hoch über der unversehens sich in der Flußniederung frei wegdehnenden ganzen Stadt samt ihren, dort auf der Höhe etwa von St. Cloud und Suresnes, so verrückt wie wirklich sich auftürmenden Wahrzeichen, mit welch unvorhergesehener Kurve, heraus aus der Enge, der Tageslauf, in einer Sekunde des Übergangs von Wimpernstarre zu Wimpernzucken, neu Richtung bekam und die fast schon abgetane Idee von dem »geglückten Tag« wiederkehrte, begleitet von dem Schwung, der heiß macht, sich zusätzlich an einer Beschreibung, oder Aufzählung, oder Erzählung der Elemente und Probleme solch eines Tags zu versuchen. Die »Linie der Schönheit und der Anmut« auf Hogarths Palette scheint sich regelrecht den Weg durch die unförmigen Farbmassen zu bahnen, wirkt zwischen diese eingegraben, und zugleich ist es, als werfe sie einen Schatten.

Wer hat schon einen geglückten Tag erlebt? Sagen werden das zunächst von sich wahrscheinlich die meisten. Und es wird dann nötig sein, weiterzufragen. Meinst du »geglückt« oder bloß »schön«? Sprichst du von einem »geglückten« Tag oder einem – es ist wahr, ebenso seltenen – »sorglosen«? Ist für dich ein geglückter Tag allein schon, der ohne Problem verlief? Siehst du einen Unterschied zwischen einem glücklichen Tag und dem geglückten? Ist es für dich etwas anderes, mit Hilfe der Erinnerung von diesem und jenem geglückten Tag zu reden, oder gleich jetzt, unmittelbar danach, ohne eine Verwandlung durch die Zwischenzeit, am Abend ebendesselben Tags, als dessen Beiwort dann auch nicht ein »geschafft« oder »überstanden« stehen kann, sondern einzig »geglückt«? Ist dir der geglückte Tag also grundverschieden von einem unbeschwerten, einem Glückstag, einem ausgefüllten, einem Aktivtag, einem durchstandenen, einem von der Langvergangenheit verklärten – ein Einzelnes genügt da, und ein ganzer Tag schwebt auf in Glorie –, auch gleichwelchem Großem Tag für die Wissenschaft, dein Vaterland, unser Volk, die Völker der Erde, die Menschheit? (Im übrigen: Schau – blick auf –, der Umriß des Vogels dort oben im Baum; wozu das griechische Verb für »lesen« in den

Briefen des Paulus, buchstäblich übersetzt, ein »Auf-Blicken« wäre, geradezu ein »*Hinauf*-Wahrnehmen«, ein »*Hinauf*-Erkennen«, ein Wort ohne besondere Befehlsform schon als eine Aufforderung oder ein Aufruf; und dazu noch jene Kolibris in den südamerikanischen Dschungeln, die beim Verlassen ihres Schutzbaums, um die Raubgeier zu täuschen, das Geschaukel eines fallenden Blatts nachmachen ...) – Ja, der geglückte Tag ist für mich nicht wie all die anderen; er *heißt* mir mehr. Der geglückte Tag ist mehr. Er ist mehr als eine »geglückte Bemerkung«, mehr als ein »geglückter Schachzug« (sogar ein geglücktes vollständiges Spiel), als eine »geglückte Erstbesteigung im Winter«, etwas anderes als eine »geglückte Flucht«, eine »geglückte Operation«, eine »geglückte Beziehung«, gleichwelche »geglückte Sache«, ist auch unabhängig vom geglückten Pinselstrich oder Satz, und hat nicht einmal etwas zu schaffen mit jenem »nach lebenslangem Warten in einer einzigen Stunde geglückten Gedicht«! Der geglückte Tag ist unvergleichlich. Er ist einzigartig.

VgT 7–11 [Anfang]

Einen geglückten Tag beschreiben.

GdW 51

Die Müdigkeit ließ immer wieder für Augenblicke die Gedanken und Bilder erstarren; Sekunden Schlaf bei offenen Augen, wonach es mit einem Gedanken- oder Bildsprung weiterging; die Müdigkeit zog von innen an mir, ich erlebte sie materiell, und an der Körperstelle, wo sie jeweils auftrat, wurde sie zum Schmerz.

GdW 168

Einmal hatte Sorger die Idee von einem geglückten Tag gehabt: an einem solchen müßte allein die Tatsache, daß es Morgen und Abend, hell und dunkel würde, Schönheit genug sein. Eine Ahnung davon bekam er während der Abschiedsstunden in New York, wo er, rasch und leise aufgestanden und gewaschen »mit dem Wasser dieser Stadt«, in festlicher und zugleich kühler Stimmung eine lange Morgendämmerung erlebte, so als würde das Tageslicht eigens für ihn noch ein wenig hinausgezögert. Er war nackt und hatte auch Lust, sich so zu zeigen. Er empfand Freiheit unter den Achseln und im Kopf einen lateinischen Scharfsinn; konnte überallhin sinken, und es wäre nicht der Tod. Es schneite nicht mehr, und am aufklarenden Himmel zeigte sich im Westen, wie ein entlaufenes und jetzt zurückgekehrtes Haustier (»Da bist du ja wieder«) der untergehende, tiefgelbe Mond; die Sterne strahlten rundum wie Leitbilder. Nah- und Fernsicht geschahen in einem, so daß zugleich mit den noch dämmerungsschwarzen Vögeln, die links und rechts an den Turmfenstern vorbeiflogen, sich am Horizont die schon taghellen Hügel des Staates New Jersey erstreckten. Von den unsichtbaren Avenuen tief unten reichte aber ein gelber Schein bis über die ersten Etagen der sonst in Düsterkeit dastehenden Häusertürme hinaus, und in den oberen Fensterreihen kreisten hier und da die Scheinwerfer der im verborgenen fahrenden Autos. Der Park war in die Stadt versunken, und das Grau des Sees stieg wirkend in die Augen; die herzförmige Fläche wurde durch die linde Farbe groß und beruhigend; an den dunkel darauf lagernden Möwen erschien das Weiße der Federn, sooft eine von ihnen auf der Stelle flatterte. An dem geschwungenen Ufer lag ein Schneesaum wie eine erstarrte Brandung. Schon umkreisten die ersten Läufer den See, mit ihren Schenkeln gleichsam die Welt empfangend, verläßlich wie das Wasser selber, das mit der aufgehenden Sonne schnell blau wurde und glitzerte, nun von schattigen Windbahnen durchkreuzt,

welche darin vorstießen, stockten und die Richtung wechselten – bis endlich der Morgenglanz sich von den Wellen ablöste und als Tageslicht gleichmäßig den Stadtraum ausfüllte; und Sorger stand in Gedanken unten am See und schaute zu dem Turmzimmer hinauf, wo er gerade stand und die dünne, kräftigende Luft einatmete. Über alle Dächer ging der Rauch wie ein Mann, und aus allen Parkbäumen staubte ein unablässiger Baumschneefall.
»Das ist jetzt!«

LH 193 f.

Der »geglückte Tag« wäre ein Tag ohne Bedürfnis nach dem eigenen Spiegelbild, ein Tag ohne mein Zutun: »Heute bin ich da, und es gibt die Natur.« Aber am Ende wird derjenige vielleicht doch heilfroh sein, daß der »geglückte Tag« vorbei ist: froh wie nach einer Geisterstunde – denn er hat schließlich Angst gehabt, an der Vollkommenheit zu sterben. (Zuletzt ähnelt das Bild des Glücklichen dem des Geängstigten: es zeigt unendliche Schwäche)

GdB 83

Der Mythos von Narziß: Ob nicht vielleicht gerade das lange, forschende Anschauen des eigenen Spiegelbilds (und im weiteren Sinn: der von einem verfertigten Sachen) die Kraft und Offenheit zu langem, unverwandtem, sich vertiefendem Anschauen andrer geben kann? (Der sterile, neuartige Narzißmus scheint mir die umgekehrte Haltung zu sein: das unverwandte, hysterisch a priori Teilnahme behauptende Anstarren ohne Erfahrung seiner selbst, unter Verleugnung des eigenen Ich)

GdW 239

Der Mann vor dem Bahnhof, der die Frau zum Abschied zu küssen versucht, und die Frau, wohl einmal, vor kurzem, seine Freundin gewesen, die sich halsstarrig dagegen wehrt: die Bewegungen, die sie beide dazu, in einer seltsamen Gesetzmäßigkeit, vollführen, scheinen eine neue Art des Tanzens zu sein, schöner als alle »eingeführten« Tänze, lebendiger – und ich sah sozusagen der Entstehung eines Tanzes aus unseren alltäglichen Geschichten zu

GdW 323

Das Ewige ist im täglichen Ablauf immer das Unscheinbarste; oder: das Unscheinbarste im täglichen Ablauf, das ist das Ewige (die Gehenden oben auf dem Berg, die Gehenden unten im Tal); – das Metaphysische für sich ist nicht zu fassen, wohl aber das beiläufig Metaphysische, in der Alltäglichkeit

PhW 10

Nur die Dinge beschreiben, die für mich alles gewesen sind; und das nicht behaupten, nur eben die Dinge beschreiben

PhW 34

Ziel des Schreibens, des Lesens, des Lebens: ein Ding, eine Steintreppe, eine Glyzinie, eine Tür, wird von mir gesehen und zeigt sich erkenntlich: das Sich-Erkenntlich-Zeigen der Dinge

Für die Dinge habe ich in meinen Augen fast immer den Brennpunkt, für die Menschen nur ausnahmsweise (und ich gebe mir daran keine Schuld)

PhW 39

Ich glaube jetzt zu wissen: Es gibt zum einen das schweigende, das ruhige Ich, und zum zweiten das auf dieses einredende, andere »Ich«: dieses schmeichelt jenem, lobt es, verhimmelt es, *und* verteufelt es dann, immerzu sprechend, ausdrückend, meinend, urteilend, einordnend, vergleichend, sich selber kommentierend – immer jedenfalls (das merk dir) dabei, das stille, das ruhige Ich zu verderben. Dieses Gerede-Ich, mit nichts beschäftigt als das ruhige Ich anzureden, sieht keinen Baum, hört kein Rauschen, spürt keine Wurzel unter den Füßen – es redet nur immer, zwischenträgerisch, verderblich (wie Goethes »Mittler«), während das ruhige Ich, wenn es endlich einmal das mephistophelische Ich los wird, ganz Auge, Ohr, Nase, Haut – Natur wird (eigentlich ist das andere Ich nicht das mephistophelische, sondern das törichte). – Und dann gibt es eines, das die beiden gegensätzlichen Ich umschließt und die Gegensätze im guten aufhebt: das innehaltende, verlangsamende, phantasierende, ausdrückliche Denken: dieses ist dann meine strahlende Rüstung; oder: das phantasierende (umphantasierende) Ich ist mein Schreiber

PhW 84

Die letzten Eichenblätter schienen, schon bevor sie dann in Schwärmen durch die Luft flogen, abflugbereit in ihren Bäumen auf den Zweigen zu stehen. Sehr hell trieben sie dann durch den dunklen Tag; und ich stellte mich ans offene Fenster und ließ aus dem Spitzgerät die Bleistiftspiralen mit dem Herbstlaub mitflattern, als meine Art Blätter

PhW 85

Ein Landvermesser werden, aber anders als Kafkas K.: ein wirklicher, kein angeblicher

PhW 49

X
Grillparzer, Stifter und P. H.

Franz Grillparzer und der Clochard von Javel

1991

Um Franz Grillparzers willen bin ich hier; und möchte zugleich um seinetwillen schweigen. Er erscheint mir als einer der problematischesten unter den nicht gar vielen aufs Ganze gehenden großen Abenteurern des Schreibens – jedes seiner Abenteuer damit, ob bestanden oder nicht, öffnet den Sinn für ein Problem –, und so als einer der interessantesten oder »nächsten«.

Wie kaum welche sonst lassen sich seine Sachen studieren, und nicht nur von einem Berufs-Nachfahren wie mir jetzt (wozu ich stehe, zwischen Stolz, Galgenhumor und Verlegenheit): Grillparzers Formprobleme zeigen Lebensprobleme, die wohl jeder von seiner Sache Begeisterte und dabei Gewissenhafte zu bestehen hat, in gleichwelchem Beruf, Politik, Handwerk, Handel. Sein Leben, so sehr es vor allen Handlungen, bis auf das Schreiben, zurückscheute, wirkt, auf eine geradezu beispielhafte Weise, dramatisch: denn es stellt, wie eben vielleicht nur das der ganz unbedingten Schreiber, in all seinen Phasen exemplarisch Vergleichsformen für die Stationen, Situationen und Wendepunkte auch unseres, des Lehrers, des Arztes, des Forschers, Lebens dar, die Augen öffnend und Erkenntnis stiftend sowohl für die Übereinstimmungen als auch die Gegensätze.

Alleinbleiben mit dem, was man tut, oder dazu sich ein Volk suchen? Es erfinden? Welches Volk? Auf eigene

Faust wirken oder im Zusammenhang? Und in welchem? Einem tatsächlichen, wie dem eines Staats oder gar eines Reichs, oder einem eingebildeten – einer erträumten Einheit, eben kraft Abseitsbleibens und Alleinschaffens, als dem Abglanz des ursprünglichen Einheitstraums, in Gestalt eines von der Historie energisch losgesagten und so vielleicht umso tatkräftigeren Werks?
Die Dringlichkeit, geradezu Wildheit, mit der Grillparzer in seinem Lebenswerk diese Fragen sozusagen auf die Jagd schickt, und zugleich die so anders schöne Zagheit, Zahmheit, Fasttonlosigkeit und Schwachheit, in der er dann diese und jene eher kümmerliche Antwort heimbringt, das macht diesen Schaffer zu einem großen, herzlieben, verbiesterten – beispielhaften und auch immer wieder abschreckenden – Ahnherrn, sicher nicht allein für mich.
Viele nach ihm haben ihn so beansprucht, eine Reihe als Bild, eine andre eher als Gegenbild. Zur ersten gehört Hugo von Hofmannsthal, der als Dreißigjähriger von dem Vorgänger die eigene Zerrissenheit – als akuteste Einsamkeit – bestätigt fand, und später wohl auch die Trauer über den Zerfall des Habsburgischen Reiches; gehört, freilich eher, wie es manchmal seine Art war, im Vorbeigehen, auf der Durchreise, Thomas Mann, für den Franz Grillparzer ein »großdeutscher« Dichter, in den zwanziger Jahren noch kein Waffenwort, war (»auf dessen deutschem Werk der Schmelz des Österreichertums schimmert«); gehört Joseph Roth, der wiederum seinen Helden als den Herold der spanisch-katholisch-österreichischen Monarchie brauchte, »spanisch ... wie die Habsburger, römisch wie der Papst: der einzige konservative Revolutionär, den die Geschichte Österreichs kennt«, zum Einsatz gegen das Preußische, Protestantische, die Parvenüs mit der »falschen Krone« und den »Hinterladern«; und aus der

Reihe, denen »der Taferl-Klassiker Grillparzer« zum Gegenbild dient, als einer für alle Karl Kraus, der da wieder einmal aus Scharfsinn kleinlich wird, oder aus Kleinlichkeit scharfsinnig?, und so, wie es eben Scharfsinn und Kleinsinn im Verein anzurichten pflegen, sein Gegenbild zum Zerrbild, zum Unrecht, zum Verrat seiner Sache an bewährte Wortspielerei mißbraucht: »papierne Ebenheit der Welt Grillparzers«, »Halm, dem Verwandten seiner Blutleere« ... – zu welcher Verzerrung auch gehört, es dem Dichter anzurechnen, was seine Ideologen (*nicht* seine Leser – Leser können nie und nimmer Ideologen sein) mit ihm anrichten: durch Grillparzer der »Anschluß« ...; und auch gehört, blindlings, im voraus das Abwerten im Sinn, das Vergleichen: »... Raimund, der der echtere Dichter war«, »... Nestroy, an dessen Gebiet außen weder des Meeres noch der Liebe Wellen anschlagen, in jeder Zeile mehr Lyriker, Dramatiker und Epigrammatiker ... als der ganze Grillparzer«.
Nein, Karl Kraus, nicht dieses sinnlose Entzweien des Zusammengehörenden: Franz Grillparzer *und* Ferdinand Raimund *und* Johann Nestroy, und, und ..., *und*, auf deine Weise, auch du, K. K.; denn anders als deine Nachäffer warst du ein Kämpfer, kein Schieler, warst ein Empörter, kein Aufgeblasener, kämpftest deinen im großen und ganzen gerechten, wenn auch oft kurzsichtigen Kampf allein, auf deinen eigenen Füßen, und nicht als epigonales Scheingefecht für Sold, in einem nichtsriskierenden Schwatzklüngel.
Doch außerhalb der beiden Reihen – wie sehe ich jetzt, wie sieht ein Dritter, ein Leser aktuell (vor allem der Selbstbiographie und der Tagebücher) den Franz Grillparzer?
Folgendermaßen sehe ich ihn, im gehörigen Widerspruch und Durcheinander, gemäß meinen wahrscheinlich auch ungenauen Gedächtnisfragmenten:

Auf seinen, für einen damaligen Österreicher gar nicht so wenigen Reisen die Wege eher mißachtend, auf Kosten des jeweiligen Ziels (wo er dann seine Tage, so oder so, im großen und ganzen in Quarantäne verbrachte). Der angeblich mit seinem Los stets unzufriedene, grämliche Beamte, und der doch zwischen den Akten, auf und unter der Leiter, stolze Stunden der düsteren Abgeschiedenheit in Wonne erlebte. Dem der Himmel aufging angesichts der Schönheit einer Jüdin im Prager Ghetto, und der sich auf einer nächsten Reise seines großmäuligen jungen Begleiters und Mündels sinnenschwaches antisemitisches Zungenrollen mit Genuß zu Gemüt führte, siehe das Tagebuch. Der unter seinem Ruhm, dessen österreichischer Abart zumindest, litt, und auf wieder einer Reise, in Boulogne-sur-mer auf das Schiff nach England wartend, allein, abseits, gleichzeitig litt unter der Namenlosigkeit, Heimatlosigkeit, Verlorenheit (im Bild sehe ich ihn dort nach hundertfünfzig Jahren noch neben dem Hafen auf einer Düne stehen, im Wind, ein anderer Januskopf – gesichtslos nach vorn zum Wasser ebenso wie zurückgewendet zu seinem Kontinent). Nie war er in Spanien, der Heimat seiner Formen, seiner Formheimat, eben deshalb? »Von der Humanität durch Nationalität zur Bestialität«: hat er diesen so beliebtgewordenen Spruch nicht gegen den Nationtraum der Tschechen gemünzt, deren Sprache für ihn bloße Mundart, nichts als Dialekt war? Bewegungsbehindert in seinen letzten Jahren durch einen Treppensturz, viel schweigend: ich stelle mir die Reglosigkeit und das Schweigen des Österreichers Grillparzer an seinem Schreibtisch in der Spiegelgasse als ein Werk vor, ausgeführt etwa von Alberto Giacometti oder Walter Pichler, und wiederhole mir dazu jene einmalige Anrede des alten Menschen in seiner Antwort auf einen Geburtstagswunsch Adalbert Stifters – nie hat Franz

Grillparzer wohl sonst jemanden so tituliert –: »Edler Freund!« Und: zwischen ihm, dem begeistert-beharrlichen Schreiber, und seinem Land schien es seinerzeit noch um etwas zu gehen – vielleicht aber auch nicht. Vor drei Tagen habe ich Franz Grillparzer tatsächlich gesehen, spät am Abend, unten in der Métrostation *Javel* am Pont Mirabeau in Paris. Er saß, allein, auf der hintersten Bank des Quais, im langen, zugeknöpften Mantel, inmitten von mehreren prallen Plastiksäcken. Aus diesen zog er, nach jeweils langem Hineinlugen, in einem fort andere Plastiksäcke, gefaltete, schlug sie auf wie Landkarten, studierte sie, erst starr, dann kopfschüttelnd, faltete sie mit Sorgfalt wieder zusammen, schichtete sie um und um, und so fort. Diese Sachen, groß und klein, turmartig, gebaucht, in schönen Abständen, links und rechts von ihm auf der Bank gereiht, erinnerten mich, unwillkürlich, an die Vasen, Kelche, Krüge und Schüsseln der Stilleben des spanischen Malers Francisco Zurbarán, so streng standen sie im Glied, wohlgeformt, ein Maß, ein Rhythmus, und der Mann in der Mitte, wie er mit ihnen hantierte, gehörte, samt seiner Gemessenheit und eigensinnigen Treue, seinem Schüttelkopf und seinem vollkommenen Auf-sich-allein-Gestelltsein dazu als eine von Zurbaráns entrückten, stark-schwachen Heiligenfiguren. Entrückt? Der Mann jenseits der Gleise – er wartete auf keinen Zug – hob in seinem Rumoren zwischendurch immer wieder den Kopf und äugte herüber zu mir; er brauchte für das, was er tat, mich, den Zuschauer; halb versteckt in den lichtschwächsten Winkel, suchte er »mich«. Von Toten, zumal mit einem lebendigen, seltsam brachliegenden Werk, läßt es sich leichter sagen: »Ich liebe ihn«. Ich liebe Franz Grillparzer, durch das, was ich von ihm erfahre an der Hand seines Werks, sehr.

LiSch 49–54

Einige Bemerkungen zu Stifter
1991

Für Momente der Eindruck, eine Erzählung Voltaires zu lesen, geschrieben im Alter, jenseits der Ironie des »Jahrhunderts der Lichter«, lange nachher ..., so sehr ist die Durchsichtigkeit Adalbert Stifters vergleichbar jener des Autors von *Zadig* und *Candide,* und so unterschiedlich ist dabei der Ton. Für Stifter geht es weniger darum, eine gewisse blinde Weise des Weltanblickens zu kritisieren, als einen neuen Blick auf die Welt zu gestalten, einen dritten Weg, außerhalb derer der Vernunft und der ekstatischen Tänze der Unvernunft, an der Hand des Erzählens (oder des Rechenschaftgebens) der Erst-Dinge, welche, nach Stifter, das Sanfte Gesetz der Menschheit angeben.

Diese Dinge, beschrieben statt mit dem Licht der Vernunft und der Ironie, der oft so zarten, des Voltaire mit dem Licht der Jahreszeiten, bilden nicht, was im Französischen »Natures mortes« (Stilleben) heißt: es sind, im Gegenteil, Lebende Naturen, atmende. Und da schließen sie sich an an die Felder, die Wiesen, die Bäche, die Steine und die Winde der *Eklogen* und der *Georgica* des Vergil, welcher vielleicht der dem Adalbert Stifter nächste Autor ist. Ein Satz in *Turmalin* macht diese Nachbarschaft spürbar (und läßt gleichwohl Voltaire als eine Art Bruder erscheinen): »Er hatte freiwillig diese Wohnung gewählt, ... weil es seinen dichterischen Kräften, die sich nicht, sowohl im Hervorbringen, als vielleicht im Empfangen äußerten, zusagte ...« Die Dinge sind nicht umgeformt durch die Wörter, vielmehr treten mit deren Hilfe in Erscheinung, umrissen von durchsichtigen Wörtern, welche ihnen ihre Kindheitsform geben: eine hellichte und farbige Prozession zusammengehörender Dinge, rhythmisiert durch eine

»Spezialität« des Stifterischen Stils, die Weglassung des Komma in der Litanei der Phänomene.

Man spricht von den »himmlischen Längen« Beethovens – und ebenso könnte man von den »himmlischen Langsamkeiten« eines Adalbert Stifter sprechen. Die Langsamkeit der stillen und sanften Prozession seiner Dinge, Landschaften, Helden: als kehrten sie zurück, erschienen neu nach einer sehr, sehr langen Vergessenheit. »Es hat sich in vergangenen Zeiten zugetragen ...« (*Turmalin*).

Bei Stifter hat ein jedes Ding seine Zeit, nach dem Bild und dem Takt der Perioden des Alten Testaments. Und, wie in der Bibel auch, möchte das zugleich angeben: jedes Ding, für dich, der du liest, für dich, der du hörst, *soll* seine Zeit haben. Jedes Ding gibt ein Gesetz.
Urteil oder Meinung in den Erzählungen Stifters: kaum vorhanden. Und wenn es doch geschieht, lese ich dergleichen, mag ich auch mit dem Urteil einverstanden sein, als einen Fehlschritt, als eine Schwäche, einen Mißton. Und ebenso ergeht es mir bei den so seltenen Stifterischen Wortspielen, Virtuositäten, Paradoxen (so gehaßt von Nietzsche): »... folgte, daß in seinem Leben nur Anfänge ohne Fortsetzung und Fortsetzungen ohne Anfänge waren ...« (*Bergmilch*). Mit wem will Stifter da in Konkurrenz treten, Stifter der Reine?
Völliger Mangel der Hintergedanken bei Stifter. Keinerlei Doppeldeutigkeiten oder Seitenblicke. Allein die »Vordergedanken« zählen, und erzählen (sich). Von daher das (anti-historische) Erzählen von einem Weltideal, von einer idealen Welt. Hier auch noch eine andere Vergleichsmöglichkeit: mit Thomas Bernhard, einem weiteren Einwohner Oberösterreichs. Bernhard stellt, schiebt, schnellt alle nur möglichen Hinterge-

danken in den Vordergrund und ins Licht, jedoch mit der gleichen Inständigkeit, dem gleichen Rhythmus, dem ebensolchen Gleichmaß wie im Jahrhundert vor ihm Adalbert Stifter. Und jene Erzählungen von langen Abwesenheiten, worin sich die beiden zusammenfinden: bei Stifter jene verlassene Küche, wo »die vom Faßbinder verfertigten Holzgefäße sich aufgelöst hatten, so daß die eisernen Ringe rundum lagen«, und bei Bernhard jenes Schlüsselloch in der Eingangstür zu einem aufgegebenen Haus, das Loch verstopft von den toten Fliegen, durch welche der Schlüssel kaum durchdringt.

Viele Aktionen bei Stifter, freilich eine jede minimal, ohne anekdotischen Dreh, ohne Drama, ohne Kulmination. Also kann der Lesende sie auf der Stelle wieder vergessen, und ebenso die Erzählung gleich wiederlesen, überrascht von diesen Aktionen, wieder und wieder. Stifter und »das schweigende Leben der regelmäßigen Formen in der Stille« (Ludwig Hohl).
»Sie sagen, die Gegend sei häßlich, aber auch das ist nicht wahr, man muß sie nur gehörig anschauen.« (*Kalkstein*)

LiSch 55–57

H. Bis auf den *Nachsommer* und ein paar Erzählungen wird doch alles, was so idyllisch ist, zum Horror. Aber ich hab das nie gedacht, daß sein persönlicher Abgrund da mitspielt, das interessiert mich überhaupt nicht ... dieses Analysieren der Person Stifters, was der Arno Schmidt da geschrieben hat, was das für ein sanfter Unmensch war oder von seiner Freß-Sucht, das interessiert mich also sehr flüchtig, wie man in der Zeitung unter der Spalte »Ver-

rücktes« so was manchmal zum Abschluß liest und sogleich wieder vergißt. Nein, ich hab mir das so vorgestellt, er mußte das, er hat da mitgespielt, mit dem Schreiben damals.
G. Ich glaub, es hat eben noch andere Gründe – ich sag das jetzt nicht, um Ihrer Auffassung von Stifter eine andere entgegenzusetzen, sondern im Hinblick wieder auf Ihr Werk – ... am deutlichsten war mir das im *Hochwald,* wo es ja dann nicht gut ausgeht, im Unterschied zu dem Bach, wo die Gruben gar nicht so sind, daß man versinken kann [*Kalkstein*]: Ich hab das als Bedrohung einer Welt erlebt – oder in der großartigen späten Schilderung seines Kuraufenthalts in Böhmen oder Franken, wo's dann zum Schneien kommt und schneit und schneit und schneit ... wie das Hereinbrechen einer epochalen Katastrophe [*Aus dem bairischen Walde*].
H. So haben Sie das erlebt.
G. Ja, ich lese das so als Vision des Zusammenbruchs dieser mittelalterlichen Welt.
H. Also daß in den Naturvorgängen so ein vorweggenommener ...
G. Ein Geschichtsprozeß, ja, reflektiert ist.
H. Vielleicht, so hab ich das noch nie gesehen. – Auch mit dem *Haidedorf* ... naja, geht fast nicht, weil der Himmel ja immer gleich bleibt.
G. Aber es ist auch eine zunehmende Bedrohung.
H. Ja, es ist eine schreckliche Bedrohung, aus dem herrlichen Himmel wird dann der Himmel, der die Dürre hervorruft, indem er sich gar nicht ändert. Auch in dem Schnee oder in diesem Eisbruch ...
G. Im *Bergkristall?*
H. Ja, oder da gibts also einmal ... in *Aus der Mappe meines Urgroßvaters* beschreibt er den Eisbruch im Wald: wo es zuerst regnet und dann der Regen gefriert an den Ästen, und dann bricht alles zusammen. – Ich mein, es ist ja et-

was, was an sich schön ist, also ein Naturvorgang, den man sich wünscht: Immer solls schön bleiben oder immer solls schneien: und das wird alles immer schlimmer, also indem es immer gleichbleibt, wird es zur Katastrophe. Ich weiß nicht, ob man das jeweils als Einbruch der – ›Mittelalter‹ ist ein schöner Ausdruck – ... der Neuzeit ...
G. Stifter ist für mich der letzte mittelalterliche Dichter, der den mittelalterlichen Kosmos noch einmal beschwört.
H. Seltsamerweise – tut mir leid, daß ich mir da einfalle; das tut mir *nicht* leid natürlich –, als ich *Langsame Heimkehr* geschrieben hab, hab ich mir gedacht: So was ist seit dem Mittelalter nicht geschrieben worden, also ich hab mir das ganz unwillkürlich einmal gedacht. Auch bei *Kindergeschichte* kommt es ja einmal vor, das Wort ›Mittelalter‹. Ich dacht immer ... das denk ich jetzt nicht mehr; die Wörter, mit denen man denkt, ändern sich ja auch im Lauf der Jahre oder kriegen einen andern Stellenwert; aber seinerzeit bei der Arbeit dacht ich auch, ich hab ein mittelalterliches Bewußtsein.
G. Ist es in der *Kindergeschichte,* wo Sie Mittelalter als Zustand bezeichnen, wo alles Natur ist, oder ist es wo anders, in den Aufzeichnungen? – irgendwo steht das.
H. Ich glaub nicht, daß ich das wörtlich so jemals geschrieben habe.
G. Wo die Geschichte nicht Geschichte ist, sondern ein Seinszustand ...
H. Ja, über der Geschichte stehender Zustand, ja. Das ist in der *Kindergeschichte* einmal: als sei das ein Mittelalter, wie es vielleicht in der Wirklichkeit gar nicht existiert hat. [S. 66.]
G. Genau, ja. – Ich hab schon an Sie gedacht, als ich sagte, daß Stifter der letzte mittelalterliche Dichter ... (*Bandwechsel*) Aber bei Stifter steht immer noch die wie immer auch ausgehöhlte und bedrohte Realität des Kaiser-Reiches dahinter ...

H. Und bei mir steht gar nichts dahinter? (*Lacht.*)
G. Ja ... so daß ich ...
H. Ist doch schön.
G. ... diese übergeschichtliche Welt noch als geschichtliche begreifen kann, und bei Ihnen kann ich es nicht mehr, wenn Sie jetzt mit dem Anspruch oder mit dem Willen auftreten, diesen mittelalterlichen Kosmos zu beleben.
H. Das war nicht mein Wille, das ist mir so aufgegangen mitten in der Arbeit. Ich mein, ich kann ja wirklich nur von meiner eigenen Betroffenheit und aus meinem eigenen Grund ausgehen, also was Erfahrung ist. Ich hab ja nie ... das wär ja schreckliches Kunstgewerbe, sich vorzunehmen, das Mittelalter und dessen Weltbetrachtung aufzustülpen einem Helden der Jetztzeit. Mich stört es auch überhaupt nicht an meinen Sachen, daß da kein Hintergrund, kein historischer, oder kein ... was da mitspielt. Ich mein, die Zwischenräume, in denen meine Sachen – ich glaub, das ist das richtige Wort: die Zwischenräume –, in denen die noch spielen, die sind ganz eng, so wie bei den Gehenden auf dem Markusplatz. Aber ich lebe nur von den Zwischenräumen, wo die Geschichte immer mehr, so wie zwei ... zwei – wie soll man sagen – ... wie zwei Flugzeugträger, die sich nähern und kaum noch einen Spalt zwischen einander übrig lassen ... aber von diesen Spalten, von diesen Durchblicken, von denen lebe ich und davon schreibe ich; all das, was ich gemacht hab, lebt von den sich verengenden Zwischenräumen, und ist auch bestimmt von der Geschichte, da bin ich mir ganz sicher. Also ich schau: Wo kann ich noch ausweichen, aber zugleich in dem Ausweichen – was auch sehr wichtig ist – eine gleichbleibende, entwerfende Bewegung erzeugen, also nicht wie ein Hase im Zickzack ausweichen, sondern eben mit Hilfe der Erzählung ausweichen – so wie's in der *Geschichte des Bleistifts* steht: Warum gibts nicht den Helden der Flucht? Alle sagen, du flüchtest dich aus der Realität. Ist

nicht die Flucht eine Kunst? – Ich will da nicht so ausführlich werden. Aber es ist sicher der Unterschied von Stifter und jemandem wie mir heute ganz klar zu machen, insofern ist es für mich auch ganz aufschlußreich. Obwohl … ich seh da keinen Qualitätsunterschied.

Ail 148–151

Eine andere Rede über Österreich

1985

Vorausgeschickt sei, wie es zu dem Film »P. H. und die Polizei« gekommen ist: Nach dem nächtlichen Vorfall zwischen einer Streife und mir auf dem Salzburger Universitätsplatz, wovon weiter unten noch die Rede sein wird, war nicht ich es, sondern die Salzburger Polizei, die den Zeitungen gleich tags darauf ihre Version des Zwischenfalls lieferte, wohl mit dem Gedanken, mir, der aus dem Ganzen gar nichts machen wollte, von dem aber die Obrigkeit eine Reaktion befürchtete, zuvorzukommen.
Die Zeitungen berichteten also. Diese Zeitungsberichte brachten in der Folge die Redaktion des ORF-»Inlandsreports« auf die Idee, einen Film über das Verhältnis zwischen der Polizei und den Staatsbürgern, am Beispiel des Staatsbürgers P. H., zu drehen.
Ich wurde gefragt, ob ich, für einen solchen Film, zu einem Gespräch bereit sei. Ich sagte zuerst nein. Dann ließ ich mich überreden, durch das einleuchtende Argument der Redakteurin, es ginge weniger um meine Person als vielmehr um eine bezeichnende, aktuelle, jedermann im Staat betreffende Situation.
So kam es dann zu dem Bericht, der nicht meine Idee war, sondern zustande kam auf Vorschlag, Beschluß und Gutheißen der Abteilung des ORF, dessen Leiter jener Herr Rabl ist, der dann, als der Film gesendet werden sollte, den

er selber veranlaßt hatte, diesen zurückzog »aus redaktionellen Gründen«.
Tags darauf las ich in den Zeitungen – benachrichtigt von niemandem – die gleich nichtsnutzige Begründung, es hätten sich »neue Fakten« ergeben, und zudem erdreistete sich derselbe Mann, der den Film veranlaßt und das Material gutgeheißen hatte – es waren ja alle Parteien zu Wort gekommen –, mir, um von seiner eigenen Feigheit und Charakterlosigkeit abzulenken, meine staatsbürgerlichen Probleme mit manchen Ordnungshütern als meinen »Privatsport« öffentlich vorzuwerfen.
Ich frage mich, wozu ein solcher Mann Journalist geworden ist, und wie er die Stirn haben kann, in einem Beruf, dessen Hauptsache doch das Aufzeigen, Beschreiben und Kritisieren von öffentlichen Mißständen sein sollte, weiterzutun.
Ein solcher Journalist verdient nicht den Namen »Journalist«, er ist ein bloßer Sklave, ein Handlanger der Obrigkeit.
Und nun, um einiges gekürzt, aber weder entstellt noch entschärft, der Text, den ich, von der Reporterin gefragt, gesprochen habe.
Am Abend des 27. Februar, gegen Mitternacht, stand ich auf dem Salzburger Unversitätsplatz, vor einer Telefonzelle, im Begriff, diese zu betreten. Im Abstand zu mir ein Auto mit laufendem Motor, dessen Fahrerin den Wagen für einige Momente verlassen hatte und zu den Marktbuden des Platzes gegangen war.
Ich hatte nicht in dem Wagen gesessen, besitze auch keinen Führerschein, kann nicht Auto fahren.
In diesem Augenblick kam ein Streifenwagen daher. Ein Polizist stieg aus und herrschte mich, ohne sich auch nur zu erkundigen, ob ich zu dem Auto gehörte, sofort an, den Motor abzustellen.

Es gibt das schöne Sprichwort vom Ton, der die Musik macht. Der Ton dieses Polizisten, der so blindlings wie zwanghaft annahm, nur weil ich in der Nähe des Autos stand, sei ich auch der Verantwortliche, ging mir nicht zu Herzen, sondern stieg mir zu Kopfe.
Ich sagte, er möge in einem anderen Ton mit mir reden. Darauf das wohlbekannte »Werd net frech. Deinen Ausweis!«
Das Du-Wort ist nicht immer ein Ausdruck von Brüderlichkeit. Der Kollege des Polizisten hatte mich inzwischen sozusagen erkannt und sprach: »Du das ist ja der ...«
Ich zeigte meinen Ausweis nicht.
Ein Wort gab das andere, wie man so schön sagt.
Die beiden Polizisten standen inzwischen so nah vor mir, daß ein ruhiges Gespräch gar nicht mehr möglich war; man kann nicht mit dem Weißen in den Augen eines Menschen sprechen.
Bei gesenktem Kopf – irgendwo mußte ich ja hinschauen – sah ich auch nur zwei Paar Lederstiefel, zwei Undinge. Es gibt eine menschliche Nähe, und eine unmenschliche, anmaßende Nähe, die keinen Abstand kennt. Ich bin ein empfindlicher Mensch, was ich für keine Schande halte; ich wünschte, alle wären auf ihre Weise empfindlich: So empfand ich diese Nähe der Lederstiefel, zusammen mit dem Weiß der Augen, vor allem durch das Ungerechtfertigte der ganzen Anschnauzerei, als Abbild all dessen, was für mich Menschenverachtung, Hölle, Gesichtslosigkeit bedeutet, und sprach das geflügelte Wort: »Ihr steht da vor mir mit euren Stiefeln wie Nazi-Bonzen.« Wohlgemerkt: Ich sagte nicht: »Ihr seid Nazi-Bullen!«, sondern: »Nazi-Bonzen«, und gebrauchte das nicht als tatsächliche Anrede, sondern als Vergleich.
Darauf wurde ich festgenommen und auf die Wache gebracht. Die Atmosphäre dort war nicht gerade triumphal:

Ich merkte an der versammelten Polizistenrunde, welche sich zusehends auffüllte, eine Mischung aus Haß und Angst: Angst, es mit einem »Notorischen«, oder »Berühmten« zu tun zu haben, und Haß, es diesem nicht zeigen zu können wie jedem anderen.
Die Angst vor mir – oder eher meinem Namen – steigerte den Haß, der Haß wurde noch gesteigert durch die Unmöglichkeit, mich, den Soundso, sofort niederschlagen zu dürfen.
Solcherart war die Atmosphäre auf der Wache, und sie war greifbar.
Tatsächlich angegriffen wurde ich nur einmal: als ich mich nicht setzen wollte, und als ein braungebrannter Ordnungshüter, gerade vom Skiurlaub zurück, mich auf einen Stuhl zwingen wollte, sichtlich nicht aus Sorge um mein Wohlergehen.
Meinen Ausweis zeigte ich noch immer nicht; denn alle Anwesenden wußten, welchen Verbrecher sie da vor sich hatten, der sich erfrecht hatte, in der Nacht auf einem leeren Platz zu stehen. Schließlich erbarmte sich ein Beamter und zog mir eigenhändig den Paß aus der Brusttasche.
Der ganze Vorwurf ist für sich geringfügig, ich und andere Staatsbürger haben mit unserer Polizei weit schlimmere Erfahrungen durchgestanden.
Ich habe, was mich betrifft, für immer vor Augen, daß ich nicht nur einmal, nach einer solchen Begebenheit, weinend heimwärts ging, nicht aus Wehleidigkeit, sondern aus Zorn, Trauer, Fassungslosigkeit über obrigkeitliche Niedertracht und Menschenverachtung. (Der Journalist Georg Nowotny hat über das ganze Problem »Polizei – Staatsbürger« im letzten Jahr beispielhaft geschrieben.)
In der fraglichen Nacht erschien mir die ganze Geschichte freilich, schon auf dem Heimweg, so possenhaft, daß

ich lachen mußte. Jeder Umriß eines Vogels im Gebüsch erschien mir wirklicher als der ganze Vorfall. Ich dachte sogar: Das alles kann ja jedem passieren, ich bin noch glimpflich davongekommen, weil ich »derjenige welcher« bin.

Freilich zugleich der Gedanke: Spielen das Private und das Öffentliche ineinander, so entstehen die Parabeln, die Gleichnisse für unser aller Leben.

Zum Fall wurde der Vorfall, ich wiederhole es, durch die Angst der Polizei und die Gier der Medien: ich, von mir aus, wollte schweigen.

Und nun sage ich das, worauf es ankommt: Die Fernsehjournalistin fragte mich, was ich dächte zu den Sprüchen des Salzburger Polizeidirektors, betreffend den Film *Saló* von Pier Paolo Pasolini, jenes exemplarischen Polizeichefs, welcher in seiner Jugend der SS angehört hatte, und sich nun, reuelos, gedankenlos, gefühllos, stammtischselbstbewußt, über einen der großen Künstler dieses Jahrhunderts ausließ, einen Künstler, der mit Filmen wie *Accatone, Mamma Roma, Das Evangelium nach Matthäus,* sowie mit seinen Gedichten und Theaterstücken die Leidens- und Frohbotschaften dieses Jahrhunderts mitgeschaffen hat, so wie es sich für einen Künstler gehört – nun geschmäht von einem alpenländischen Folterknecht des unzählbaren Unreiches, der hier, jetzt, in diesem, in meinem, in unserem Staat in Amt und Würden sein darf, und der weder Amt, geschweige denn irgendeine Würde verdient.

Ich erklärte meine Empörung über das Vorhandensein solcher Gestalten in diesem Staat, sowie meine Wut, mit meinen Steuern das Stammtischgeblödle solcher Patrone begleichen zu müssen; wohlgemerkt: nicht der alten, liebenswerten, um die Demokratie Österreichs verdienten Pensionisten, sondern derartiger Kerle.

Dann kam ich auf das Verhältnis überhaupt dieses Staates, der Zweiten Republik, zur Kunst.

Viele Arbeiter, viele Handwerker, viele kleine Bauern, diese und jene Krankenschwester, dieser und jener Arzt, auch wenn sie nicht lesen, auch wenn sie keine Gemälde betrachten, haben dennoch eine Ahnung, was ein Künstler ist, oder zu sein hat.
Aber ich kenne kein anderes Land in Europa, wo, durch die Zunahme der nichtsnutzigen, unbefriedigenden, unerotischen Berufe, das Kleinbürgertum so frech geworden ist, daß es sich erlauben kann, alles zu beurteilen und nichts zu achten.
Wie in keinem Land der Erde ist hierzulande das Wort »Künstler« zugleich als Schmähwort verwendbar.
Ich wünsche mir, so sagte ich, daß die jungen Polizisten in der Schule, wo sie doch wohl etwas lernen, auch einmal ein Bild von Rembrandt ansehen gehen – auch in Salzburg gibt es einen Rembrandt zu betrachten; daß sie über ein Gedicht von Goethe sich begeistern oder streiten, was ja oft auf das gleiche herauskommt.
Ich möchte einmal einen jungen Polizisten vor einem Bild von Raffael sehen, oder mit einem Buch von Adalbert Stifter in der Hand. Das würde in all diese gesichtslosen Gesichter endlich einen Zug bringen, einen Schimmer in die Augen, und wir wären Mensch und Mensch, Bürger und Bürger.
Schrecklich und verwunderlich auch, so sagte ich, wie weichlich, stereotyp so viele junge Polizisten wirken, ganz anders als jeder Zimmermann, Elektriker, Postler. Einen Bizeps haben sie wohl ausgebildet, doch ihre Gesichter sind säuglingshaft ungestalt, wenn auch ohne den Seelenblick von Säuglingen, kurz: schrecklich formlos. Ich gebrauche für die Mehrheit dieser jungen Leute mit Absicht ein verpöntes Wort: Sie sind *entartet.*
Ich bin im Lauf meines Lebens auch mit älteren Polizeibeamten zusammengekommen, vor denen ich Achtung spürte.

Sie haben durch Erfahrung gelernt, wie vielfältig und seltsam und erbarmungswürdig ein jeder Mensch ist, auch ein sogenannter Verbrecher.
Warum, zum Teufel, ist erst die Erfahrung des Älterwerdens nötig, daß eine Person den Respekt vor einer anderen gewinnt?
Polizisten, heraus mit euch aus der Gruppe, der Horde, der Meute; seid auch allein wie wir, bedenkt den anderen – wenn auch nur mit einem Blick!
Die Ausrede aus der NS-Zeit, als junger Mensch wisse man eben noch nicht, was man tue, man sei verführbar, usw., mag ich nie mehr hören. Schon mit fünf Jahren weiß ein Kind, was recht und was unrecht ist. Schluß mit der Ausrede von der Jugend als einer Zeit der Verführbarkeit. Kein Mensch ist von Natur aus ahnungslos und verführbar. Er ist *verantwortlich,* so wie er die Augen aufschlägt und seine ersten Sätze spricht.
Und jetzt die Polizisten beiseite, und zu der dringlicheren Frage: Wie ist es mit dem Selbstbewußtsein eines Bewohners dieses Landes bestellt? Wie steht er zu dem Land, zu dem Staat? Was ist sein Ort? Denn ohne Ort kein Selbstbewußtsein.
Tatsache ist: An der Stelle von Staatsmännern haben wir Staatsmännlein, und folglich sind wir kein Volk, sondern bloße Bevölkerung.
Ein Bundeskanzler, welcher sich als Freund der Künstler ausgibt, sagt im gleichen Atemzug, er, als Politiker, arbeite, schufte, während die Schriftsteller »sich in die Idylle zurückziehen, um einen Roman zu schreiben«. Demnach hat sich also Kafka in die Idylle zurückgezogen, um den *Prozeß* zu schreiben; hat Camus sich in die Idylle zurückgezogen, um *Der Fremde* zu schreiben; habe ich mich in die Idylle zurückgezogen, um *Wunschloses Unglück* zu schreiben.
Dieser Satz des österreichischen Politikers Sinowatz, eines Kanzlers der Zweiten Republik, ist würdig, unter die

dümmsten Sätze aufgenommen zu werden, welche seit der Nacht der Zeiten von Menschen mit Zungen im Maul gesprochen worden sind.
Wenig steht diesem nach die Ausrede des Verteidigungsministers derselben Republik, in der wir leben, er habe dem erbärmlichen, auch erbarmungswürdigen Herrn Reder kein »Empfangsessen veranstaltet«, sondern ihn lediglich, als Minister, das heißt Diener, der Republik »verpflegt« – Prachtwort in der ewigen Schlechtenliste der Dummheit.
Aber wir werden uns von solch machthabenden, geistfeindlichen Staatsmännlein nicht davon abbringen lassen, dieses Land Österreich zu lieben, und dieses Volk hier zu lieben, das heißt die vielen Vereinzelten, welche ohne Gruppenzwang leben, ohne Meutendrang, Zotenhang, Grinsgeselligkeit.
Denn hier, in Österreich, unserm, ja, unserem Land, haben wir die Augen aufgeschlagen: für die Wälder und das Wasser, und die Ohren gespitzt für den Wind, den Schneefall, die Lieder, die Gedichte, die Sprache.
Ein letztes Mal komme ich an dieser Stelle auf meine private Person zurück: Ich werde, was eine Obrigkeit betrifft, welche ihr Maß, ihre Bescheidung, ihren Auftrag, dem Volk zu dienen, nicht kennt, immer ein sogenannter »Querulant« bleiben.
Ich bin sicher, selbst mit 80 – sollte ich dieses Alter erreichen – wird wieder der Augenblick kommen, daß irgendeine Amtsperson mich anherrschen wird, und es könnte dann heißen, »der greise österreichische Schriftsteller P. H. zum dreiundzwanzigsten Male wegen Widerstand gegen die Staatsgewalt festgenommen«.
Schon ein paar Tage nach dem kleinen Salzburger Ereignis, auf der Heimkehr von einer italienischen Aufführung meines Stückes *Über die Dörfer,* sprach an der österreichischen Grenze der Kärntner Zollbeamte (es handelt sich also um

keine Salzburger Spezialität), als ich für seine Begriffe eine Frage zu leise beantwortete: »Lauter! Sie sprechen mit einer Amtsperson!«
Das Blut stieg mir sofort zu Kopf. Und leider habe ich mich dann beherrscht. Beherrsch dich nicht! Schweig nicht!
So etwa meine Rede vor der Fernsehkamera, umgestellt, ergänzt, verlängert. Trotzdem spielt bei der Wiedergabe ein gewisses Bedauern mit, bloßes Lesefutter zu liefern. Weit ergiebiger stelle ich mir vor, dies oder jenes meiner Bücher zu lesen, oder etwas von Georges Simenon, oder den jüdischen Talmud, oder die jüdisch-christliche Bibel oder …
Da, als Leser, kann ich, eher als der Verschlinger von Nachrichten und Meinungen, endlich der »Zeitgenosse meiner selbst« (Rainer Maria Rilke) werden.

LiSch 64–73

XI
Epilog

Über Lieblingswörter
1991

Jetzt habe ich Camus' zehn liebste Wörter verloren, recht so. Denn erst einmal haben die sicher in deutsch einen grundandern Schein als in seinem Französisch. Und dann ist es eher ein Recht der Jugend, für einzelne Wörter zu schwärmen. Später wird so ein Schwarm gefährlich; je öfter der erwachsene Autor Wörter wie Lieblinge herbeiruft, desto mehr ziehen sie sich mit der Zeit zurück; in der Folge, versteift der Schreiber sich auf sie, stechen sie gar und sterben, oder, anders gesagt, werden gegenstandslos; und kann sein, der Liebhaber stirbt mit ihnen. Ist es Camus selber nicht so ähnlich ergangen? So vernarrt war er in »soleil«, »enfant«, »mer«, daß Sonne, Kind und Meer zuletzt aus seinem Schreiben entschwanden; es blieb nichts mehr zu erzählen als der nachtdunkle monologische »Fall«, *la chute,* und danach, wie jung war er da noch, nicht einmal mehr die Nacht. Ich sage das aus Mit-Erfahrung. »Heraus aus der Sprache – bleib bei den Dingen, und ihrem Schein!« Eine der Anstrengungen des Schriftstellers ist es vielleicht, nicht dem Magnetismus der Wörter zu verfallen; dieses »Nicht« ist wohl überhaupt das Autor-Zeichen. Die Wörter, anders als für die Sprecher, stehen ihm nicht zur Verfügung; er gebraucht sie jeweils nicht – er entdeckt sie, besser es, das, ein (1) Wort, und nur für jetzt, an dieser einen Stelle im Text, nie zum Weiterleiern. Auch sind die Wörter der deutschen Sprache für unsereinen vielleicht noch gefährlicher als andere; vergiftet – gerade die wesentlichen, ohne die das Poetische nicht auskommt – durch die Geschichte, schlagen sie zurück; wer sich auf sie einläßt, wird möglicherweise von ihnen getötet; aber das Schreiben dessen, der sich nicht auf sie einläßt, gilt nicht? Ich muß mich auf sie einlassen? – Bei allem nenne ich nun doch ein Wort, das ich noch ein paarmal in den Verlauf des Erzählens, wenn sich nur der Moment ergibt, einfließen lassen möchte; ich habe es erst einmal benutzt, nichts als das entsprechende Ding vor Augen, ohne mir einer Ausgefallenheit des Wortes bewußt zu sein, und es ist mir ans Herz gewachsen dadurch, daß ein geschätzter Kritiker es dann lachhaft fand, in seinen Augen fast so verstiegen wie »Kelchschaft«: es ist das Wort »Talschaft«, altes, übliches Wort für eine Gegend aus einer Mehrzahl von Tälern (ich habe es gebraucht für die Talschaft Wochein in Slowenien). Also, Leser, Achtung! – Freilich aber kann ich dies und jenes mir liebe Wort in einer fremden Sprache aufzählen, ich verwende sie, nicht als Schreiber, sondern als Alltagsmensch, noch und noch; zum Beispiel: *ataraxia,* altgriech., Unerschütterlichkeit; *phalatrsnawairagya,* wohl indisch?, gefunden beim Lesen vom Mircea Eliade und auswendiggelernt – es bedeutet etwa das gleiche wie das griechische; *ecuanimidad,* spanisch; und dann natürlich einige slowenische Wörter wie *domotožje,* Heimweh, oder *hrepenenje,* Sehnsucht. Solche Litaneien helfen dem Unterzeichneten manchmal halbwegs durch seinen Tag, in seinen Tag.

LiSch 14 f.

Gedicht an die Dauer

1986

Schon lange will ich über die Dauer schreiben,
keinen Aufsatz, keine Szene, keine Geschichte –
die Dauer drängt zum Gedicht.
Will mich befragen mit einem Gedicht,
mich erinnern mit einem Gedicht,
behaupten und bewahren mit einem Gedicht,
was die Dauer ist.

Immer wieder habe ich die Dauer erfahren,
im Vorfrühling an der Fontaine Sainte-Marie,
im Nachtwind an der Porte d'Auteuil,
in der Sommersonne des Karstes,
im vormorgendlichen Heimweg nach einem Einssein.

Diese Dauer, was war sie?
War sie ein Zeitraum?
Etwas Meßbares? Eine Gewißheit?
Nein, die Dauer war ein Gefühl,
das flüchtigste aller Gefühle,
oft rascher vorbei als ein Augenblick,
unvorhersehbar, unlenkbar,
ungreifbar, unmeßbar.
Und doch hätte ich, mit ihrer Hilfe,
welchen Widersacher auch immer
anlachen und ihn entwaffnen können,
hätte die Meinung,
ich sei ein böser Mensch,
umgewandelt in die Überzeugung:
»Er ist gut!«,
wäre, gäbe es einen Gott,
das Gefühl der Dauer lang dessen Kind gewesen.

Noch gestern hörte ich auf dem Waagplatz in
Salzburg,
in dem Geschiebe und dem Gerassel des immer-
währenden Einkaufstags,
eine Stimme wie vom anderen Ende der Stadt her
meinen Namen rufen,
begriff im selben Moment,
daß ich den Text der *Wiederholung*,
mit dem ich zur Post unterwegs war,
am Marktstand vergessen hatte,
vernahm, zurücklaufend, jene andere Stimme,
welche vor einem Vierteljahrhundert,
in der Nachtstille eines Außenbezirkes von Graz,
vom anderen Ende der leeren langen geraden Straße
ähnlich fürsorglich, wie von oben herab, mir
entgegenkam,
und konnte da das Gefühl der Dauer umschreiben
als ein Ereignis des Aufhorchens,
ein Ereignis des Innewerdens,
ein Ereignis des Umfangenwerdens,
ein Ereignis des Eingeholtwerdens,
wovon?, von einer zusätzlichen Sonne,
von einem erfrischenden Wind,
von einem lautlosen, all die Mißtöne
zurechtstimmenden
und einigenden zarten Akkord.

GD 9–12 [Anfang]

Doch das leibhafte Reisen,
das alljährliche Pilgern und Wallfahrten,
um den Ruck der Dauer,
den begeisternden Zusatz,
tut es mir wirklich noch not?
Erinnere dich an den Neidstich von früher,

sooft du auf den Straßen deines seit Erzbischofszeiten
den Geist verbannenden Wohnorts
jene Leute mit dem (leichten) Gepäck
unterwegs zu den Bahnsteigen sahst,
und an das Ziehen in der Brust
bei der Vorstellung, in der ihre Schleife westwärts
durch den Himmel beschreibenden Abendmaschine
zu sitzen.
Inzwischen brauche ich meine Weltreisen
zu den Stätten der Dauer nicht mehr.
Auch in der Abwesenheit, plötzlich,
wenn ich mir Zeit lasse,
beim gemächlichen Einschrauben einer Glühbirne,
beim Wiegen eines Steins in der Hand,
bei einem sorgfältigen Handgriff,
bemächtigt sich meiner, vielleicht,
die rauschende Stille am Griffener See,
grenzt an den von den Fiakerkutschen bimmelnden
Residenzplatz
das Getümmel und Gewoge der Porte d'Auteuil,
richte ich mich, alterslos, auf
am Dreieck der Fontaine Sainte-Marie.
Ich habe mich erzogen
zur Erwartung der Dauer
ohne den Aufwand der Pilgerfahrt.

Doch das bloße Zuhausehocken genügt nicht;
Ich muß der Dauer entgegengehen.
Dem entgegenzugehen, was mir lieb ist,
oder darauf zugehen,
das beatmet mich,
stärker und nachhaltiger als jeder Dauerlauf.
Nicht zum im Haus Sitzenden,
sondern zum heimwärts Wandernden
tritt die Dauer hinzu,

wie zum hilfsbedürftigen Odysseus
seine göttliche Freundin Pallas Athene.
Aber auch daheim gesellt sie sich immer wieder
zu mir,
wenn ich draußen im Garten auf und ab gehe,
im Schnee, im Regen, in der Sonne, im Sturm,
angesichts des wogenden Buchsbaums,
der von Spinnennetzen durchzogenen Eibe,
der den Luftraum durchtauchenden,
laut Sohar »die Stimme lenkenden Vögel des
Himmels«,
oder wenn ich mich drinnen im Zimmer
an den sogenannten Arbeitstisch setze –
hier jedoch nicht bei meiner Sache, dem Text,
sondern wiederum bei all dem bewährten Nebenbei,
dem Zurückschieben des Stuhls,
dem Seitenblick in die Lade,
mit den sich im Lauf der Jahre ansammelnden
Bleistiftstummeln,
dem Seitenblick in das Fach
mit der im Lauf der Jahre vermehrten Riege der
Brillen,
den Seitenblicken hinaus ins Freie,
wo die Katzen ihre Spuren
durch den tiefen Schnee und das hohe Gras ziehen,
im Ohr das Pfeifen und Holpern der
die Ebene durchrollenden Eisenbahnen,
je nach dem Wind aus verschiedenen Richtungen.

Dauer, meine Ruhe,
Dauer, mein Rastplatz.

Zeitruck der Dauer, du umgibst mich
mit einem beschreiblichen Raum,
und das Beschreiben schafft dessen Folgeraum.

Wahr bleibt:
Die Dauer ist kein Gemeinschaftserlebnis.
Sie bildet kein Volk.
Und trotzdem bin ich im Zustand der Gnade der
Dauer
endlich nicht bloß ich allein.
Die Dauer ist meine Ablöse,
sie läßt mich gehen und sein.
Von der Dauer beseelt,
bin ich auch jene andern,
welche schon vor meiner Zeit an dem Griffener See
standen,
welche nach mir die Porte d'Auteuil umkreisen
werden,
mit denen allen ich zu der Fontaine Sainte-Marie
gegangen sein werde.
Von der Dauer gestützt,
trage ich Eintagswesen
meine Vorgänger und Nachfolger auf meinen
Schultern,
eine erhebende Last.
Darum war die Dauer eine Gnade zu nennen,
und haben nicht auch ihre Bilder und Töne
den entsprechenden Schimmer und Klang?:
Der in die Morgenpfützen fallende Abendregen,
der in die Teekanne wehende Schnee,
die immergleichen Aufschriften auf den
Speditionslastern,
welche auf der Autobahnbrücke über die Salzach
brausen.

Der Ruck der Dauer,
er stimmt für sich schon ein Gedicht an,
gibt einen wortlosen Takt,
mit welchem,

befreiende Zutat,
in meinen Adern der Puls eines Epos schlägt,
worin das Gute am Ende doch siegen wird.

Mit der Handauflegung der Dauer
schließt sich die Wunde,
welche mir erst bewußt wird,
indem sie sich schließt.

Der Anstoß der Dauer ist das,
was mir gefehlt hat.
Wer nie die Dauer erfuhr,
hat nicht gelebt.

Die Dauer entrückt nicht,
sie rückt mich zurecht.
Aus dem Scheinwerferlicht des Tagesgeschehens
flüchte ich entschlossen ins ungewisse Lager der
 Dauer.

Dauer ist der Fall,
wenn ich an dem Kind,
welches kein Kind mehr ist
– vielleicht schon ein Greis –,
die Augen des Kindes wiederfinde.

Dauer ist nicht im unvergänglichen
vorzeitlichen Stein,
sondern im Zeitlichen,
Weichen.

Tränen der Dauer, allzu selten!,
Tränen der Freude.

Unzuverlässige, nicht zu erbittende,
nicht zu erbetende
Rucke der Dauer:
Ihr seid nun gefügt
zum Gedicht.

GD 47–55 [Schluß]

Zu dieser Ausgabe

Die in den Textnachweisen verwendeten Siglen bezeichnen folgende Ausgaben:

AdW Als das Wünschen noch geholfen hat. Gedichte, Aufsätze, Texte, Fotos. – © 1974 Suhrkamp Verlag, Frankfurt am Main.

GdW Das Gewicht der Welt. Ein Journal (November 1975 bis März 1977). – © 1977 Residenz Verlag, Salzburg und Wien.

LH Langsame Heimkehr. Erzählung. – © 1979 Suhrkamp Verlag, Frankfurt am Main.

LS-V Die Lehre der Sainte-Victoire. – © 1980 Suhrkamp Verlag, Frankfurt am Main.

K Kindergeschichte. – © 1981 Suhrkamp Verlag, Frankfurt am Main.

GdB Die Geschichte des Bleistifts. – © 1982 Residenz Verlag, Salzburg und Wien.

PhW Phantasien der Wiederholung. – © 1983 Suhrkamp Verlag, Frankfurt am Main.

ChS Der Chinese des Schmerzes. – © 1983 Suhrkamp Verlag, Frankfurt am Main.

W Die Wiederholung. – © 1986 Suhrkamp Verlag, Frankfurt am Main.

GD Gedicht an die Dauer. – © 1986 Suhrkamp Verlag, Frankfurt am Main.

NeS Nachmittag eines Schriftstellers. Erzählung. – © 1987 Residenz Verlag, Salzburg und Wien.

A Die Abwesenheit. Ein Märchen. – © 1987 Suhrkamp Verlag, Frankfurt am Main.

AiI »Aber ich lebe nur von den Zwischenräumen.« Peter Handke im Gespräch mit Herbert Gamper. – © 1987 Ammann Verlag, Zürich.

VM Versuch über die Müdigkeit. – © 1989 Suhrkamp Verlag, Frankfurt am Main.

VJ Versuch über die Jukebox. Erzählung. – © 1990 Suhrkamp Verlag, Frankfurt am Main.

VgT Versuch über den geglückten Tag. Ein Wintertagtraum. – © 1991 Suhrkamp Verlag, Frankfurt am Main.

LiSch Langsam im Schatten. Gesammelte Verzettelungen 1980–1992. – © 1992 Suhrkamp Verlag, Frankfurt am Main.

Die Texte folgen diesen Druckvorlagen. In einigen Fällen wurden jedoch Unklarheiten und Inkonsequenzen der gesprochenen Rede korrigiert: S. 65,13 f.: der Erde hat mir so [...] wiedergegeben] der Erde mir so [...] wiedergegeben hat; S. 65,20 f.: sozusagen ganz wieder] sozusagen ganz sagen ganz wieder; S. 77,8 f.: Urzustand des Erzählens in Tagen] Urzustand des Erzählens scheint in Tagen; S. 186,24; idyllisch ist, zum Horror] idyllisch ist, wird zum Horror; 194,35: zur Kunst] zur Zukunft.

Offensichtliche Druckversehen wurden stillschweigend verbessert.

Daten zu Leben und Werk

1942 Am 6. Dezember in Griffen (Kärnten) geboren.

1954 Besuch des Knabeninternats des katholisch-humanistischen Gymnasiums in Tanzenberg, ab 1959 des Gymnasiums in Klagenfurt.

1961 Nach dem Abitur Jurastudium in Graz; ab 1963 Publikation von Texten in der Zeitschrift *manuskripte* des Grazer »Forum Stadtpark«.

1965 Die Annahme des Romanmanuskripts *Die Hornissen* durch den Suhrkamp Verlag veranlaßt Handke, sein Studium abzubrechen; seither lebt er als freier Schriftsteller.

1966 Umstrittener Auftritt bei der Tagung der »Gruppe 47« in Princeton (Handke wirft den Autoren »Beschreibungsimpotenz« vor).
Umzug von Graz nach Düsseldorf.
Uraufführung der *Publikumsbeschimpfung* im Theater am Turm in Frankfurt a. M., der Sprechstücke *Weissagung* und *Selbstbezichtigung* in Oberhausen.
Die Hornissen; Publikumsbeschimpfung und andere Sprechstücke.

1967 Heirat mit der Schauspielerin Libgart Schwarz; Gerhart-Hauptmann-Preis der Freien Volksbühne Berlin.
Uraufführung des Sprechstücks *Hilferufe* durch die Oberhausener Städtischen Bühnen in Stockholm.
Der Hausierer (R.).

1968 Uraufführung des Dramas *Kaspar* gleichzeitig in Frankfurt a. M. und Oberhausen.

1969 Umzug nach Berlin, wo die Tochter Amina geboren wird.
Uraufführung von *Das Mündel will Vormund sein* in Frankfurt a. M.
Die Innenwelt der Außenwelt der Innenwelt (G.).

1970 Umzug nach Paris.

Uraufführung von *Quodlibet* in Basel.
Die Angst des Tormanns beim Elfmeter (E.).

1971 Trennung von Libgart Schwarz; im November Umzug nach Kronberg i. Ts. Der Fernsehfilm *Chronik der laufenden Ereignisse* (Buch und Realisation: Peter Handke) wird vom WDR gesendet.
Uraufführung des Stücks *Der Ritt über den Bodensee* in Berlin.

1972 Veröffentlichung des (Entwicklungs-)Romans *Der kurze Brief zum langen Abschied* und der Erzählung *Wunschloses Unglück;* gesammelte Aufsätze und Essays in *Ich bin ein Bewohner des Elfenbeinturms.*

1973 Handke erhält den Georg-Büchner-Preis der Deutschen Akademie für Sprache und Dichtung, Darmstadt; Übersiedlung nach Paris.

1974 Uraufführung von *Die Unvernünftigen sterben aus* in Zürich.
Als das Wünschen noch geholfen hat (Sammelbd.).

1975 Der Regisseur Wim Wenders dreht den Film *Falsche Bewegung* nach einem Buch von Handke (frei nach Goethes *Wilhelm Meisters Lehrjahre*).
Die Stunde der wahren Empfindung (E.).

1976 *Die linkshändige Frau* (E.).

1977 Das »Journal« *Das Gewicht der Welt* enthält Aufzeichnungen aus den Jahren 1975–77; Produktion des Kinofilms *Die linkshändige Frau* (Buch und Regie: Peter Handke).

1978–79 Aufenthalt in den USA.

1979 Übersiedlung nach Salzburg.
Als 1. Teil der Tetralogie *Langsame Heimkehr* erscheint die gleichnamige Erzählung, gefolgt von *Die Lehre der Sainte-Victoire* (1980), *Kindergeschichte* (1981) und dem »dramatischen Gedicht« *Über die Dörfer* (1981).

1982 *Über die Dörfer* wird bei den Salzburger Festspielen unter der Regie von Wim Wenders uraufgeführt.
Die Geschichte des Bleistifts (Aufzeichnungen).

1983 *Phantasien der Wiederholung; Der Chinese des Schmerzes.*

1985 Handke lehnt den Anton-Wildgans-Preis der »Vereinigung österreichischer Industrieller« ab.

1986 Literaturpreis der Stadt Salzburg.
Die Wiederholung; Gedicht an die Dauer.

1987 Großer österreichischer Staatspreis; Wim Wenders dreht den Film *Der Himmel über Berlin*, zu dem er das Drehbuch gemeinsam mit Handke verfaßt hat.
Nachmittag eines Schriftstellers (E.); *Die Abwesenheit. Ein Märchen; »Aber ich lebe nur von den Zwischenräumen«*, ein ausführliches Gespräch Handkes mit Herbert Gamper.

1989–91 Nach dem *Versuch über die Müdigkeit* (1989) erscheinen 1990 der *Versuch über die Jukebox* und 1991 der *Versuch über den geglückten Tag.*

1990 Uraufführung von *Das Spiel vom Fragen* am Wiener Burgtheater.
Die Prosaskizzen *Noch einmal für Thukydides* erscheinen.

1991 Umzug nach Chaville bei Paris; Handke lebt mit der französischen Schauspielerin Sophie Semin zusammen; Geburt der Tochter Léocadie.
Abschied des Träumers vom Neunten Land. Erinnerungen an Slowenien.

1992 *Die Stunde, da wir nichts voneinander wußten* wird in Wien uraufgeführt; Produktion des Films *Die Abwesenheit* (Buch und Regie: Peter Handke).
Zu Handkes 50. Geburtstag erscheinen die *Theaterstücke in einem Band* sowie *Langsam im Schatten. Gesammelte Verzettelungen 1980–1992.*

1994 Veröffentlichung des tausendseitigen Prosawerkes *Mein Jahr in der Niemandsbucht. Ein Märchen aus den neuen Zeiten.*

Deutschsprachige Literatur der Gegenwart

IN RECLAMS UNIVERSAL-BIBLIOTHEK

Eine Auswahl

Aichinger, Ilse: *Dialoge. Erzählungen. Gedichte.* 110 S. UB 7939
Andersch, Alfred: *Fahrerflucht. Ein Liebhaber des Halbschattens.* 95 S. UB 9892
Artmann, H. C.: *»wer dichten kann ist dichtersmann«.* 101 S. UB 8264
Ausländer, Rose: *Regenwörter.* 115 S. UB 8959
Bachmann, Ingeborg: *Undine geht. Das Gebell. Ein Wildermuth.* 76 S. UB 8008
Bender, Hans: *Die Wölfe kommen zurück.* 70 S. UB 9430
Benn, Gottfried: *Gedichte.* 188 S. UB 8480
Berlin! Berlin! Eine Großstadt im Gedicht. 264 S. UB 8400
Bernhard, Thomas: *An der Baumgrenze.* 54 S. UB 8334 - *Der Wetterfleck.* 77 S. UB 9818
Bernstein, F. W.: *Reimweh.* 139 S. UB 9308
Bichsel, Peter: *Stockwerke.* 79 S. UB 9719
Bobrowski, Johannes: *Lipmanns Leib.* 80 S. UB 9447
Böll, Heinrich: *Der Mann mit den Messern.* 79 S. UB 8287
Brandstetter, Alois: *Landessäure.* 93 S. UB 8335
Burger, Hermann: *Der Puck.* 92 S. UB 8580
Canetti, Elias: *Komödie der Eitelkeit.* 139 S. UB 7678
Deutsche Gedichte der sechziger Jahre. 294 S. UB 8211
Deutsche Gedichte 1930-1960. 463 S. UB 7914
Deutsche Literatur. Jahresüberblick. *1981.* 260 S. UB 7760 – *1982.* 272 S. UB 7915 – *1983.* 253 S. UB 8212 – *1984.* 272 S. UB 8045 – *1985.* 320 S. UB 8282 – *1986.* 352 S. UB 8403 – *1987.* 344 S. UB 8404 – *1988.* 284 S. UB 8405 – *1989.* 327 S. UB 8406 – *1990.* 322 S. UB 8407 – *1991.* 309 S. UB 8408 – *1992.* 341 S. UB 8409 – *1993.* 357 S. UB 8870
Doderer, Heimito von: *Das letzte Abenteuer.* 107 S. UB 7806
Domin, Hilde: *Abel steh auf.* 96 S. UB 9955
Dorst, Tankred: *Große Schmährede an der Stadtmauer.* 54 S. UB 7672
Eich, Günter: *Fabula rasa.* 64 S. UB 8284 – *Die Mädchen aus Viterbo.* 72 S. UB 8688
Enzensberger, Hans Magnus: *Dreiunddreißig Gedichte.* 75 S. UB 7674
Erzählte Zeit. 50 deutsche Kurzgesch. d. Gegenwart. 517 S. UB 9996
Fried, Erich: *Gedichte.* 80 S. UB 8863

Frisch, Max: *Rip van Winkle.* 62 S. UB 8306

Frischmuth, Barbara: *Unzeit.* 78 S. UB 8295

Fühmann, Franz: *Die Verteidigung der Reichenberger Turnhalle. Das Judenauto* und andere Erzählungen. 77 S. UB 9858

Gernhardt, Robert: *Reim und Zeit.* 80 S. UB 8652

Goes, Albrecht: *Unruhige Nacht.* 79 S. UB 8458

Gomringer, Eugen: *konstellationen, ideogramme, stundenbuch.* 156 S. UB 9841

Grass, Günter: *Die bösen Köche.* 96 S. UB 9883 – *Gedichte.* 88 S. UB 8060

Grün, Max von der: *Waldläufer und Brückensteher.* 75 S. UB 8426

Handke, Peter: *Noch einmal für Thukychides.* 47 S. UB 8804 – *Die Tage gingen wirklich ins Land. Ein Lesebuch.* 216 S. UB 9354

Härtling, Peter: *Der wiederholte Unfall.* 77 S. UB 9991

Helwig, Werner: *Raubfischer in Hellas.* 192 S. UB 8684 – *Im Dickicht des Pelion.* 237 S. UB 8705 – *Reise ohne Heimkehr.* 375 S. UB 8706

Henscheid, Eckhard: *Dammdeutsch.* Ein Wörterbuch. 294 S. UB 8865 – *Verdi ist der Mozart Wagners.* Ein Opernführer für Versierte und Versehrte. 270 S. Mit Notenbeispielen. Gebunden

Hildesheimer, Wolfgang: *Begegnung im Balkanexpreß. An den Ufern der Plotinitza.* 71 S. UB 8529 – *Der Ruf in der Wüste.* 75 S. UB 8720

Hochhuth, Rolf: *Die Berliner Antigone.* Erzählungen und Gedichte. 86 S. UB 8346

Hochwälder, Fritz: *Das heilige Experiment.* 79 S. UB 8100 – *Der öffentliche Ankläger.* 88 S. UB 9775

Hoerschelmann, Fred von: *Das Schiff Esperanza.* 70 S. UB 8762 – *Die verschlossene Tür.* 63 S. UB 8367

Jandl, Ernst: *Laut und Luise.* 160 S. UB 9823 – *Sprechblasen.* 96 S. UB 9940

Jünger, Ernst: *Capriccios.* 72 S. UB 7796

Kasack, Hermann: *Der Webstuhl. Das Birkenwäldchen.* 69 S. UB 8052

Kaschnitz, Marie Luise: *Caterina Cornaro. Die Reise des Herrn Admet.* 71 S. UB 8731 – *Der Tulpenmann.* 87 S. UB 9824

Kempowski, Walter: *Fünf Kapitel für sich.* 103 S. UB 7983

Klose, Werner: *Reifeprüfung.* 60 S. UB 8442

Koeppen, Wolfgang: *New York.* 69 S. UB 8602

Konkrete Poesie. 176 S. UB 9350

Kreuder, Ernst: *Phantom der Angst.* 80 S. UB 8428

Krolow, Karl: *Gedichte und poetologische Texte.* 67 S. UB 8074

Kronauer, Brigitte: *Die Wiese.* 126 S. UB 8921

Krüger, Michael: *Welt unter Glas.* 80 S. UB 8310

Kunze, Reiner: *Selbstgespräch für andere.* 103 S. UB 8543
Kunert, Günter: *Gedichte.* 79 S. UB 8380 – *Der Hai.* 87 S. UB 9716
Langgässer, Elisabeth: *Saisonbeginn.* 80 S. UB 7723
Lenz, Siegfried: *Das schönste Fest der Welt. Haussuchung.* 86 S. UB 8585 – *Stimmungen der See.* 79 S. UB 8662
Lettau, Reinhard: *Herr Strich schreitet zum Äußersten.* 160 S. UB 7873
Lyrik für Leser. Deutsche Gedichte der siebziger Jahre. 159 S. UB 9976
Marti, Kurt: *Wen meinte der Mann?* 120 S. UB 8636
Mayröcker, Friederike: *Das Anheben der Arme bei Feuersglut.* Gedichte und Prosa. 79 S. UB 8236
Meier, Gerhard: *Signale und Windstöße.* 74 S. UB 8552
Moderne deutsche Naturlyrik. 336 S. 6 Abb. UB 9969
Müller, Heiner: *Revolutionsstücke.* 147 S. UB 8470
Muschg, Adolf: *Besuch in der Schweiz.* 88 S. UB 9876
Nichts ist versprochen. Liebesgedichte der Gegenwart. 254 S. UB 8559
Reportagen. 180 S. UB 9837
Rinser, Luise: *Jan Lobel aus Warschau.* 77 S. UB 8897
Rühmkorf, Peter: *Selbstredend und selbstreimend.* 131 S. UB 8390
Schaper, Edzard: *Der große, offenbare Tag.* 59 S. UB 8018
Schmidt, Arno: *Windmühlen.* 78 S. UB 8600
Schnurre, Wolfdietrich: *Ein Fall für Herrn Schmidt.* 78 S. UB 8677
Schutting, J.: *Findhunde.* 85 S. UB 8517
Seghers, Anna: *Fünf Erzählungen.* 159 S. UB 9805
Späth, Gerold: *Commedia.* 79 S. UB 8245
Strauß, Botho: *Trilogie des Wiedersehens.* 135 S. UB 9908 – *Über Liebe.* 151 S. UB 8621
Walser, Martin: *Versuch, ein Gefühl zu verstehen, und andere Versuche.* 131 S. UB 7824 – *Die Zimmerschlacht.* 68 S. UB 7677
Weyrauch, Wolfgang: *Das grüne Zelt. Die japanischen Fischer.* 69 S. UB 8256
Wickert, Erich: *Der Klassenaufsatz. Alkestis.* 71 S. UB 8443
Wohmann, Gabriele: *Treibjagd.* 88 S. UB 7912
Wolf, Christa: *Neue Lebensansichten eines Katers. Juninachmittag.* 69 S. UB 7686
Wolf, Ror: *»Ein Komplott aus Spiel, Spaß und Entsetzen«.* 128 S. 15 Abb. UB 9301

Philipp Reclam jun. Stuttgart